www.tredition.de

# SARAH HANNEK

\*\*\*

# DIE WAHRHEIT

www.tredition.de

© 2019 Sarah Hannek

Verlag und Druck: tredition GmbH, Hamburg

ISBN
Paperback:     978-3-7482-1890-6
Hardcover:     978-3-7482-1891-3
e-Book:        978-3-7482-1892-0

# Die Wahrheit

## -Prolog-

Ein angsterfüllender Schrei riss mich aus meinem eh schon unruhigen Schlaf. Ich schreckte hoch und sah mich panisch um. Aber
es war niemand hier. Jedenfalls spürte ich keine Anwesenheit einer
Person. Ich stand auf und ging leise und schleichend durch meine
Zimmertür raus auf den schmalen Flur. Währenddessen ich den
schmalen Flur entlang schlich, hörte ich den Schrei nochmals. Der
Schrei war nun lauter, näher und die Stimme deutlicher. Als mir
klar wurde von wem die Stimme kam, rannte ich panisch zu dem
Zimmer, wo ich sie vermutete. Ich rannte in Tias Zimmer und sah
wie sie weinend in ihrem Bett lag. Ich setzte mich auf ihr Bett und
zog sie in meine Arme. Sie krallte sich panisch an mich fest. „Verschwinde", schrie ich panisch in den leeren Raum. Mein Herz
schlug schnell und man sah die Angst in meinen Augen aufflammen. Auch wenn ich ihn nicht sehen konnte, spürte ich seine Ge-
genwart. „Lass uns in Frieden leben. Du wirst nie das bekommen,
was du begehrst", schrie ich dieses Mal mit wütendem Unterton.
Tia weinte immer noch und ich versuchte sie mit Worten zu beruhigen. „Tia. Es ist alles gut. Du bist nun in Sicherheit. Ich bin da",
sprach ich fest und sicher. Sie drückte sich mehr an mich und
schaffte es sich einigermaßen zu beruhigen. Ich scannte mit meinen Augen wieder den Raum ab. Auf einmal entdeckte ich das of-

fene Fenster an der linken Ecke des Raumes. *„Hatte ich es offengelassen"*, dachte ich mir. Sofort antwortete mir Tia auf meine unausgesprochenen Gedanken. „Nein…ich…ich wollte nur kurz lüften. Hätte ich gewusst, dass er da draußen ist! Ich hätte es niemals geöffnet. Es tut mir leid", sprach sie zittrig und ängstlich. „Tia. Es ist nicht deine Schuld. Ich hätte vorsichtiger sein müssen. Ich hätte es wissen müssen, dass wir hier nicht sicher sind, dass er uns wieder finden wird", sagte ich nun etwas ruhiger. Ich hatte mich inzwischen beruhigt denn ich wusste, wenn ich bei Tia war tut er ihr nichts. Er und sein Gefolge würden mich niemals angreifen. Sie wissen in welche Gefahr sie das bringen würde. Ich schaute durch das Fenster in die Dunkelheit. Der Mond erhellte die Nacht und ließ mich die entfernte Silhouette einer mir nur zu bekannten Person besser erkennen. Er entfernte sich langsamen Schrittes von dem Fenster und blieb kurz stehen. Er drehte sich nicht um, er sagte nur: „Heute warst du vielleicht schneller aber glaub mir bald ist es soweit und dann wirst du sie nicht mehr retten können. Wenn ich sie habe, werde ich endlich das bekommen, was ich will. Ich weiß schließlich wie wichtig sie dir ist und dass du alles dafür tun würdest sie zu retten. Vielleicht erfahre ich dann, endlich die Wahrheit über dich und deine Kräfte. Achja und versuch erst gar nicht zu fliehen. Ich und mein Gefolge werden dich überall finden." Auch wenn er für normale Menschen ziemlich außer Hörweite und Sichtweite war, verstand und sah ich ihn perfekt. Ich spürte wie er diabolisch grinste. Er wusste genau, dass ich alles hören und sehen konnte, egal wie weit entfernt er auch war. Wut entfachte sich in meinen Augen und mein Herzschlag wurde wieder schneller. Mein ganzer Körper spannte sich an. Meine Augen glänzten und schimmerten stechend Rot. Ich konzentrierte mich auf die weit entfernte Person und hörte seinen schnellen Atem, wie sein Herz schnell schlägt, wie seine Angst langsam nach oben drang. Aber er drehte sich nicht um. Er wusste, wie es die anderen Menschen um den Verstand brachte, wenn sie in meine Augen sahen. Es machte sie krank. Ich konnte durch meine Augen in den Kopf anderer Menschen eintauchen und sie so um den Verstand bringen, sie kontrollieren. Ich konnte sie sogar zwingen sich zu verletzen oder sich umzubringen. Ich kann sie durch meine Gedanken steuern und töten. Tia hatte inzwischen gemerkt, dass ich nicht mehr ich selbst war und sprach mich an: „Mum tu es nicht, wenn du ihn tötest, würdest du nur die anderen rufen. Du weißt er ist nicht allein und du würdest nur mehr über dich verraten. Bitte beruhig dich,“ flüsterte Tia mit sanfter bittender Stimme. Tia hatte recht. Auch wenn ich ihn ohne große Probleme mit meinen Gedanken töten könnte, tat ich ihm nichts. Es wäre zu riskant. Ich war immer wieder erstaunt darüber, wie schlau und klug Tia jetzt schon ist. Sie ist schließlich erst 4 Jahre alt. Ich schloss kurz die Augen, um die Wut wieder unter Kontrolle zu bringen. Mein Herzschlag beruhigte sich wieder und mein Körper entspannte sich. Als ich die Augen wieder öffnete war er fort. Tia ließ mich kurz los und ich stand auf und verriegelte das Fenster. Ich schaute nochmal in die Dunkelheit doch ich erblickte ihn nirgends. Ich atmete beruhigt aus und Tia sah mich voller Sorge und Trauer an. Ihre hellgrauen Augen glänzten und ich sah Schmerz in ihnen. „Bedeutet das jetzt, dass wir wieder umziehen müssen,“ sagte sie den Tränen nahe. „Ich weiß du hast hier viele Freunde gefunden und deine Schule läuft super aber, wenn ich keine andere Lösung finde, dann ja.

Dann müssen wir wieder umziehen." Sie nickte nur traurig und unterdrückte die sich anbahnenden Tränen. Ich ging wieder zu ihr aufs Bett und legte mich zu ihr. Sie kuschelte sich an mich und schloss ihre Augen. „Versuch jetzt zu schlafen. Ich bleibe bei dir. Du bist nun sicher," sprach ich sanft und ruhig. Ich strich über ihr langes schwarzbraunes Haar und hörte sie nach wenigen Minuten ruhig atmen. Sie schlief nun. Ich betrachtete ihren friedlichen schlafenden Körper und war heilfroh, dass ich noch rechtzeitig gekommen war. Wenn er sie mitgenommen hätte, wenn ich nicht rechtzeitig da gewesen wäre, ich würde mir das niemals verzeihen. Schon bei diesem Gedanken zog sich alles in mir zusammen. Er hatte recht, ich würde alles für sie tun. Sie war meine Schwachstelle. Ich würde niemals zulassen, dass er sie bekommt. Ich wollte eigentlich auch schlafen aber ich war immer noch zu unsicher. Ich hatte Angst. Angst, dass er wiederkommen würde, Angst, dass er sie mir nimmt. Nach ein paar kurzen panischen Blicken durch den Raum schlief ich dann doch ein auch wenn es ein eher leichter Schlaf war und eine Frage ließ mich die ganze Nacht nicht los: *„Werden wir jemals sicher sein?"*

Ende des Prologes.

# Kapitel 1

*-Zeitsprung 1 Woche später-*

Ich fuhr wie die letzten Tage nach Sirius Rückkehr den Laptop hoch. Ich hatte mal wieder einen sehr unruhigen von Alpträumen geplagten Schlaf genau wie die letzten Tage. Sirius ist zwar seit dem Tag nicht wieder aufgetaucht aber ich spüre jeden Tag die Anwesenheit seines Gefolges. Sie beobachten uns und warten. Warten auf den richtigen Moment. Einen Moment wo ich unachtsam bin. *„Wir sind hier nicht mehr sicher."* Als er hochgefahren war, checkte ich wie jeden Morgen meine Mails und las im Internet die neuesten News durch. Seid Sirius vor einer Woche zurückgekehrt ist, bin ich jeden Morgen im Netz am Suchen. Ich suchte nach einer neuen Wohnung aber die Suche ist bis jetzt erfolglos geblieben. Klar gab es einige, die ich in Betracht ziehen könnte aber es gab immer einen Haken. Zu teuer, zu weit weg, zu abgelegen, zu zentral, zu angeranzt, zu unsicher. Ich fand einfach keine Wohnung die perfekter wäre als diese und schon gar nicht wollte ich schon wieder alles aufgeben und hinschmeißen, was wir uns hier aufgebaut hatten. Ich wollte diesen Ort nicht verlassen. *„Wieso konnte er uns nicht einfach in Ruhe leben lassen?"* Nach gefühlten Stunden, die ich weiter mit Suchen verbrachte gab ich irgendwann auf. *„Es ist hoffnungslos. Ich werde nie was Besseres finden als diese Wohnung. Aber wir können hier nicht bleiben. Ich bringe Tia und mich damit in Gefahr. Wir sind allgemein schon*

*viel zu lange hier. Wir hätten direkt nach Sirius Ankunft ver-*
*schwinden sollen aber ich konnte nicht. Irgendwas hielt mich da-*
*von ab. Ganz tief in mir, war diese dunkle Seite, die nichts mehr*
*will als ihn töten. Die hierbleiben will, die ihn suchen will und die*
*ihn dann leiden lassen will aber sie hatte immer noch nicht die*
*Oberhand gewonnen. Meine Vernunft siegte immer. Meine gute*
*Seite aber vielleicht wäre es besser nicht zu mehr verschwinden*
*und mich ihm zu stellen. Ich meine so könnte ich wenigstens Tia*
*retten. Er hat es doch sowieso nur auf mich abgesehen. Es wäre*
*das Beste, ich würde mich einfach stellen.*" Nachdem ich mich aus
diesen Gedankengängen befreite, schaute ich von meinem Laptop
hoch und schaltete ihn aus. Ich spürte die Anwesenheit einer Person also sah mich in der Küche um und sah Tia mit Tränen in den
Augen im Türrahmen stehen. „Mum bitte tu es nicht. Ich weiß,
dass du denkst dadurch wird alles besser aber das stimmt nicht. Du
darfst das nicht tun. Du bist alles was ich habe. Bitte...", sprach sie
gebrochen während ihr eine Träne aus den hellgrauen Augen floss.
Ich ging zu ihr und nahm sie einfach nur in die Arme. „Es tut mir
leid. Ich habe nur...nachgedacht. Lösungen verglichen. Ich ver-
spreche dir, ich werde mich nicht stellen. Ich wollte dir keine
Angst machen. Ich war nur verzweifelt. Es ist im Moment alles so
schwierig", sagte ich unsicher und leicht verzweifelt. „Ich weiß
aber wir kriegen das hin. Wir werden eine neue Wohnung finden
und er wird uns nicht mehr finden", sagte sie ruhig und lächelnd.
*„Weißt du manchmal vergesse ich wer hier die Mutter ist und wer*
*die Tochter. Eigentlich sollte ich diejenige sein, die dich tröstet*
*und dich aufmuntert aber du übernimmst diese Rolle sehr oft. Ich*
*weiß, ich habe es dir schon sehr oft gesagt aber ich bin unendlich*

*stolz auf dich"*, dachte ich vor mich hin und natürlich hatte sie es gehört und sprach: „Danke Mum und sagen wir es so, ich habe von der Besten gelernt. Ich bin auch unglaublich stolz auf dich." Ich lächelte sie an und mir lief eine Träne aus meinen stechend rot schimmerten Augen. Ich wischte sie mir schnell weg und schaute auf die Uhr, die in der Küche hing. „Ok. Es ist anscheinend schon ziemlich spät. Du weißt wir müssen noch zu Emilie. Deine Untersuchung steht wieder bevor. Also mach dich bitte fertig." Sie guckte nur ängstlich. Ich wusste, sie hasste Untersuchungen auch wenn es wirklich nichts Schlimmes ist und Emilie ihr nicht weh tat. Emilie war meine beste Freundin, die schon lange von Sirius und unserem Geheimnis weiß. Sie ist Laborantin und Ärztin. Sie weiß wirklich viel über übernatürliche Wesen und ist sozusagen Spezialistin was die Kräfte/Gaben von übernatürlichen Wesen angeht. Das meiste Wissen hat sie von ihren Eltern erlernt und auch die Fähigkeiten, diese Wesen richtig zu untersuchen. Aber ihre Aufgabe ist es nicht sie zu heilen von Krankheiten, sondern herauszufinden, was sie für Gaben/Kräfte besitzen oder noch besitzen werden. Zu ihr geht jeder der sich unsicher ist, was seine Kräfte/Gaben angeht und deren Stärke, deren Sinn und deren Aufgabe. Ich war früher auch oft bei ihr gewesen und habe so alles über mich und meine Gaben/Kräfte gelernt. Ich musste oft zu ihr, weil meine Gaben/Kräfte nicht immer gleichblieben. Es wurden mit der Zeit immer mehr und als Tia geboren wurde verlor ich sogar eine. Bis jetzt sind es aber immer noch die gleichen und ich habe keine neuen dazubekommen. Ich weiß nicht, ob sich das noch ändern wird. Emilie ist sich aber sicher das meine Kräfte/Gaben bald noch stärker werden könnten. Wir werden sehen, ob sie recht hat. Tia lasse ich seit sie 2 Jahre ist jeden 2 Monat untersuchen. Ich muss schließlich wissen, wann sie eine neue Gabe erhält und ihr dann zeigen wie man damit umgeht. Mittlerweile sieht es aber eher so aus, als würde Tia nur die Gabe des Gedankenlesens beherrschen werden, was mich aber auch ein bisschen beruhigt. Sollte sie mehr Kräfte haben, könnte das Sirius Interesse an sie nur mehr wecken. Er darf nichts davon wissen. Ich schaute sie aufmunternd an. Sie nickte und ging in ihr Zimmer, um sich fertig zu machen. Ich beschloss Emilie anzurufen, dass wir gleich da sind. Emilie: „Ja Hallo, Emilie am Apparat." Rania: „Hi Emilie. Ich bins Rania. Ich ruf nur an, um dir zu sagen, dass wir gleich da sein werden. Bereite schon mal alles vor." Emilie: „Schön von dir zu hören. Gut, dass ihr es einrichten könnt. Achja und Rania?" „Ja?" „...sei vorsichtig...bitte!" „Ja....keine Sorge. Bis gleich." „Bis gleich." Ich steckte mein Handy wieder weg und rief Tia. Nachdem Sie runtergekommen war und ins Auto gestiegen ist, stieg ich auch ein und wir fuhren los.

# Kapitel 2

Die Autofahrt verging schweigend. Ich hatte Mühe mich auf ein Gespräch zu konzentrieren. Der Verkehr war ätzend. Außerdem sobald ich daran dachte etwas zu sagen, hatte Tia schon meine Gedanken gelesen und antwortete mir sogleich. Ein richtiges Gespräch kam also nie zustande. Zudem waren wir beide auch viel zu nervös. Tia hatte Angst vor der Untersuchung und war die ganze Zeit so hibbelig. Manchmal ist sie schon echt anstrengend aber egal was sie auch anstellte, ich konnte nie lange sauer auf sie sein.

Ich war natürlich auch nervös und hatte Angst, dass das Ergebnis dieses Mal anders ausfallen könnte. *„ Was ist, wenn Sie noch andere Kräfte/Gaben dazu kriegen würde? Das darf nicht passieren! Es bringt Sie nur noch mehr in Gefahr. "* Nach weiterem endlosem nervösem Schweigen waren wir endlich an unserem Ziel angelangt. Die Fahrt dauerte lange, da Emilie seit dem Umzug jetzt weiter entfernt wohnte. Ich parkte das Auto und wir gingen zu Emilies Haus. Emilie wohnte außerhalb eines Dorfes, das weit entfernt von unserem Dorf war, in einem großen Wald. Ihr Haus sah von weitem aus wie ein ganz normales Holzhaus, wenn man näherkam, erkannte man jedoch die Ähnlichkeit mit einer Praxis. Es war viel freie Grünfläche um das Haus bevor der Wald anfing. Der eine Teil der Grünfläche war belagert mit Autos und Fahrrädern. Sie hatte anscheinend mal wieder viel Kundschaft. Auf den kleinen schmalen Weg zur Eingangstür hing ein Schild mit der Aufschrift: „Praxis Dr. med. Emilie Gerdes, Ärztin und Laborantin für spezielle Angewohnheiten, Erscheinungen sowie Untersuchungen von merkwürdigen Eigenschaften. Zutritt nur unter bestimmten Voraussetzungen gestattet!" Die Aufschrift auf dem Schild war perfekt, um bei normalen Menschen keine zu große Aufmerksamkeit zu erwecken oder aufzufallen aber auch um übernatürliche Wesen darüber zu informieren, dass sie hier richtig sind. Auch wenn nicht viele normale Menschen an diesen Ort gelangten, passierte es trotzdem manchmal, dass diese Menschen dann die Hütte begutachten. Ihre Neugierde brachte sie wahrscheinlich immer dazu aber meistens kamen sie sowieso nicht rein. Der letzte Satz stand da schließlich nicht ohne Bedeutung. Vor der Tür war ein Absatz, auf den man steigen musste. Auf diesem Absatz befand sich eine

Metallplatte. Sie sah eigentlich wie ein ganz normaler Fußabtreter aus aber sie war in Wirklichkeit eine Art Sensor. Sobald du sie mit deinen Füßen betrittst, misst der Sensor alle deine Daten und Fähigkeiten. An denen muss Emilie dann feststellen, ob du normal bist oder nicht. Bis jetzt lag sie nur ein paar Mal falsch aber nur weil diese Leute den Sensor überlistet oder ausgetrickst haben oder weil sie da noch nicht so gut war in ihrem Job. Aber das ist jetzt egal. Jeder mach mal Fehler. Jetzt ist der Sensor besser und niemand kann ihn so leicht mehr überlisten genau wie sie. Sonst sah das Haus aus wie ein normales altes Holzhaus. Das Schild und die Parklätze waren das einzige, was es als Praxis auswies. Ich und Tia stiegen auf den Sensor und er scannte uns. Ein leichtes Summen ertönte und wir wurden reingelassen. Drinnen im Haus sah es schon eher aus wie eine Praxis. Ein Wartezimmer in denen sich schon viele Leute befanden, ein Behandlungszimmer, zwei Gasttoiletten, ein Labor, eine Abstellkammer und zu guter Letzt ein Empfangstresen. Es war alles in weiß oder grau gehalten. Es sah sehr modern und geräumig aus. Ich und Tia gesellten uns zu den anderen Leuten im Wartezimmer nachdem wir bei der Empfangsdame waren. Ich nahm Tia auf meinen Schoß und hielt sie fest. Als ich mich umschaute, blickte ich in unbekannte Gesichter, die entweder Nervosität oder Ängstlichkeit aufwiesen. Einige von Ihnen kannte ich bereits andere waren neu, sowie bei fast jedem Besuch kamen immer neue dazu. Ich hatte schon alle möglichen übernatürlichen Wesen hier angetroffen, deswegen verwunderte es mich auch nicht mehr. Vampire, Werwölfe, Elfen noch viele mehr waren hier vertreten. Trotz dessen, dass ich die meisten kannte, musterte ich sie mit einem misstrauischen Blick. Seit Sirius in mein

Leben getreten war, konnte ich niemanden mehr so leicht vertrauen. Selbst Leuten, die ich kenne, zeige ich oft Misstrauen gegenüber. Ich bin oft sehr vorsichtig und misstrauisch, wenn es um neue Leute geht und wenn man mich kennt bzw. mit mir befreundet ist, kann ich das Vertrauen zu dieser Person wegen nur einer falschen Handlung oder Lüge verlieren. Aber Emilie ist unter Jack sowieso die einzige Beste Freundin, die ich noch habe. Jack kenne ich schon seit sechs Jahren und Emilie seit zehn Jahren. Meine alten Freunde wurden entweder von Sirius umgebracht oder sie haben sich ihm angeschlossen. Sie haben mich verraten. Emilie und Jack können daher meine Vertrauensprobleme nachvollziehen und nehmen mir Misstrauen und Skepsis nicht übel. Tia ist in dieser Sache nicht anders. Sie ist auch seit Sirius in unser Leben getreten ist nicht mehr so naiv wie früher und vorsichtiger. Trotzdem ist sie in manchen Sachen doch zu naiv aber sie ist ja erst vier Jahre alt. Sie wird noch lernen, wem sie vertrauen kann und wem nicht. Emilie und Jack haben mir schon mehrfach geholfen bei der Flucht von Sirius und egal wie weit ich geflohen bin, wir haben uns nie aus den Augen verloren. Jack ist meistens immer ein paar Tage später hinterhergereist, um immer in meiner Nähe zu sein. Ich verdanke ihm sehr viel. Er hat mir schon oft das Leben gerettet. Allerdings hat er sich seit meinem letzten Umzug nicht mehr gemeldet und ich habe ihn nicht erreicht. Meine Sorge wird somit um jeden Tag größer und auch mein Misstrauen. Es war nicht normal. Schließlich wohne ich schon seit fünf Monaten in diesem Dorf und er hätte längst auftauchen müssen. Der Grund warum ich Sirius immer entkommen bin ist schließlich auch ihm und Emilie geschuldet. Ich brauche sie. Der andere Grund ist Glück. Unfassbares

Glück, dass ich meiner Meinung nach nicht verdient hatte. Ich bringe alle nur in Gefahr. Allein durch meine Anwesenheit sind sogar diese fremden Menschen hier in Gefahr aber sie wissen es nicht. Deswegen halte ich mich auch von vielen fern. Ich will sie nicht in Gefahr bringen. Emilie konnte mir leider nie nachkommen aber das würde ich auch nie von ihr verlangen. Sie hat hier einen Job und eine Familie. Sie hat hier ein Leben. Außerdem verloren wir trotz der Entfernung nie den Kontakt. Allein wegen den Untersuchungen von mir und Tia. Ich weiß sie würde mich nie verraten oder verlassen. Dieses Band der Freundschaft würde nie reißen. Ich spürte jetzt schon seit längerem die Anwesenheit einer Person, die immer näherkam, weswegen ich mich dazu entschloss aus meiner Gedankenwelt aufzutauchen. Ich hörte ihre Schritte schon von weitem. Als ich meinen Kopf wieder anhob, sah ich ein leeres Wartezimmer. *„Hatte ich wirklich so lange nachgedacht und nichts mitbekommen? Eigentlich war es nicht möglich, dass ich rein gar nichts mitbekam. Schließlich kann ich alles hören und sehen egal wie weit es entfernt ist. Ich habe besser entwickelte Sinne als normale Menschen, was ja auch zu meinen Kräften zählt. Anscheinend muss ich wieder so tief in Gedanken versunken sein, dass ich nichts wahrgenommen hab. Das passierte mir in letzter Zeit öfter. Ich muss nächstes Mal besser aufpassen. Es hätte was passieren können. Jeder hier hätte von Sirius Gefolge sein können und dann wäre alles zu spät.“* Emilie kam auf uns zu und Tia rannte zu ihr. Emilie lächelte sie an und umarmte erst Tia und dann mich. „Hi Rania und Tia. Wie schön, dass ihr da seid. Lasst uns gleich loslegen damit wir keine Zeit verlieren. Ihr habt ja schon lang genug gewartet und es ist schon spät." Ich lächelte sie dankbar an und nickte nur. Sie ging vor und Tia nahm meine Hand. „Mach dir keine Sorgen Mum. Es ist doch nichts passiert", sagte sie aufmunternd zu mir. „Ja du hast recht. Lass uns gehen." Tia zog mich an meiner Hand hinter ihr und Emilie hinterher. Wir gingen zum Behandlungszimmer doch bevor ich hineingehen wollte, bat mich Emilie draußen zu warten. Mit Misstrauen im Herzen nickte ich nur und sah ihr hinterher, wie sie die Tür schloss.

# Kapitel 3

Nervös ging ich den Gang hin und her. Obwohl ich wusste, warum ich nicht mit bei der Untersuchung dabei sein darf, wollte ich bei ihr sein, besonders weil Tia so viel Angst hatte. Allerdings war es strikt untersagt, dass sich während der Untersuchungen noch andere im Raum befanden. Das könnte die Patienten ablenken und die Untersuchung könnte fehlerhaft ausgehen. Bei einer Untersuchung muss volle Konzentration herrschen. Sonst könnte nicht alles nach Plan laufen und wenn sich das Ergebnis als falsch herausstellte, konnte das böse Folgen haben. Wütende Patienten sind keine gute Sache. Zum Glück hatte es das noch nicht allzu oft gegeben. Ich lief weiter nervös den Gang auf und ab und spielte mit meinen Fingern. Angst stieg in mir auf und ich versuchte an etwas anderes zu denken als daran, dass von dieser Untersuchung alles abhängt. Unsere Zukunft, unser weiteres Leben. Obwohl unsere Zukunft nie gewiss war. Vor der Tür zum Behandlungszimmer standen zwei Stühle. Ich ließ mich auf einen nieder und legte meinen Kopf in meine Hände. *„Ich muss mich beruhigen."* Die nächsten Minuten vergingen schleppend und ich rührte mich kein Stück bis sich die Tür öffnete und ich eine Hand auf meiner Schulter spürte. Ich schreckte hoch und blickte direkt in Emilies fröhliches Gesicht. „Hey...es ist alles gut. Die Untersuchung ist perfekt verlaufen. Ich habe keine weiteren Kräfte/Gaben herausgefunden. Ich gehe wie schon erwähnt davon aus, dass es bei dieser Gabe bleiben wird." Überstürzt stand ich auf und fiel ihr in die Arme. Sie erwiderte verwundert die Umarmung. Als ich mich löste guckte sie immer noch verwundert und skeptisch. Glücklich strahlte ich ihr entgegen doch ihr Blick blieb skeptisch, so als wüsste sie genau, dass etwas nicht stimmte. „Rania? Was ist los. Dieses Ergebnis hat dich sonst nie so gefreut und du warst nie so nervös. Nur dann, wenn er da war und ich meine er ist doch fort...Das ist er doch oder?" Sofort verschwand meine Freude und verwandelte sich in eine Mischung aus Trauer und Verzweiflung. Bedrückt sah ich auf den Boden und versuchte die Tränen zu unterdrücken. Emilie musterte mich besorgt. „Schau mich an Rania", sagte sie besorgt. Ich tat was sie verlangte und blickte sie an. Ich versuchte zu Lächeln, was kläglich scheiterte. Im nächsten Moment liefen Tränen über meine Wange und Emilie zog mich in eine Umarmung. Ich fing an zu schluchzen und weinte in ihren weißen Kittel. Mein ganzer Körper fing an zu zittern und ich weinte immer heftiger. Emilie strich mir beruhigend über den Rücken und versuchte mich mit Worten zu beruhigen. „Rania....es tut mir leid...ich hätte es wissen müssen. Tia..." Bevor sie weiter reden konnte unterbrach ich sie. „Tia...wir haben sie allein gelassen", schrie ich weinerlich und löste mich, so schnell es ging, aus der Umarmung und rannte ins Behandlungszimmer und da saß sie. Erleichterung durchfuhr meinen Körper und allein ihre Anwesenheit beruhigte mich. Ich wusch mir die Tränen aus dem Gesicht und lächelte überglücklich. Sie lächelte mich an und kam auf mich zu gerannt. Ich drückte sie fest an mich und ein berauschendes Glücksgefühl durchströmte meinen Körper. *„Zum Glück ist ihr nichts passiert"*, war das einzige was ich jetzt dachte. Gefühlte Stunden standen wir umschlungen da bis Tia sich löste. Besorgt blickte sie mich an. „Mum. Es ist alles ok. Es geht mir gut…mach dir keine Sorgen", sagte sie ruhig und aufmunternd zu mir. Emilie war inzwischen auch zu uns gekommen und fragte: „Möchtest du mir vielleicht erzählen, was passiert ist?" Ich atmete einmal tief durch und erzählte ihr von dem Tag, an dem ich fast das Wichtigste in meinem Leben verlor und den Tagen danach. Sie schaute mich danach nur entsetzt an und ich sah wie Wut in ihren Augen funkelte. Ich spürte ihren unkontrollierten schnellen Puls und wie ihr Herz raste. Ich wusste sie würde jeden Moment die Fassung verlieren. „Beruhig dich Emilie. Es ist alles gut ausgegangen und wir werden uns so schnell wie möglich nach was Neuem umschauen", versprach ich ihr. „Es tut mir so leid, dass ihr schon wieder so etwas durchmachen musstet. Du hast das echt nicht verdient. Ich schwör dir, wenn ich diesen Typen irgendwann sehe, werde ich ihn umbringen", sprach sie mitleidig aber auch wütend. Ich sah sie nur an und sagte: „Bitte bring dich nie für mich in Gefahr. Ich habe schon zu viele Menschen dadurch verloren. Er darf nie herausfinden das ich noch Freunde hab. Er muss weiter denken, ich wäre allein und hätte niemanden mehr außer Tia. Er soll euch nicht weh tun. Er soll nicht auch noch dich und Jack aus meinem Leben entfernen", sprach ich ernst. Emilie sah mich entgeistert an, so als hätte ich gerade was Absurdes verlangt. „Rania? Wann raffst du endlich mal, dass du da nicht allein durchmusst. Ich und Jack wir werden dir helfen so wie immer und wenn es drauf ankommt, würde ich mein Leben für dich aufgeben und Jack auch. Wir lassen dich nicht im Stich", sprach sie fest mit einem Lächeln auf den Lippen. „Ich würde das niemals von dir oder Jack verlangen oder zulassen, dass es zu so etwas kommt. Du hast hier eine Familie und ein Leben, dem ich dich nie entreißen würde. Bitte versprich mir, dass du mir nie hinterherreist oder versuchst mich zu retten, wenn er mich entführt", gab ich von mir. „Aber Rania...Ich..." Ich unterbrach sie: „Versprich es mir", forderte ich sie nun etwas ernster auf. Sie nickte nur und ich lächelte sie dankbar an. „Gut...wollen wir nun mit meiner Untersuchung fortfahren." Sie nickte nur geknickt und ging zu ihren Geräten. Ich führte Tia, die in der Zwischenzeit einfach gewartet hatte, in eine kleine Spielecke, die im Zimmer stand. Ich würde sie auf keinen Fall draußen allein lassen und Emilie verstand das. Ich legte mich auf die Liege, die im Zimmer stand und Emilie fing an mich zu untersuchen. Sie nahm mir Blut ab, untersuchte es, leuchtete in meine Augen, inspizierte meine mit Gift getränkten Fingernägel. Danach testete sie meine Reflexe, mein Gehör, meine Sehkraft. Sie nahm Gift von meinen Fingernägeln ab, als sie sich in den Stoff fraßen. Anscheinend war ich immer noch nervös. Sie untersuchte das Gift sowie die anderen Daten, die sie gesammelt hatte und wertete das Ergebnis an ihrem PC aus. „Das ist...Was..." Sie brach ab und musterte mich noch einmal eingehend. „Emilie ist alles in Ordnung? Was ist los?" Unsicherheit und Angst machte sich in mir breit. Mir war bewusst, dass etwas nicht stimmte. Emilie sagte nichts und schaute sich konzentriert meine Augen an. Sie befahl mir nach oben zu schauen. Während ich das tat, leuchtete sie ein paar Mal in meine Augen und rechnete irgendwas aus. Ich war einfach nur verwirrt und meine Angst stieg. *„Sie soll mir endlich sagen, was los ist."* Sie entfernte sich wieder von mir und ging zu ihrem PC. „Emilie...würdest du mir nun endlich sagen, was los ist." Nervös und unsicher sah sie mich an, so als hätte sie Angst vor meiner Reaktion. *„Seit wann hat sie Angst vor mir?"* „Naja...deine Augen sie...sie verändern sich oder eher gesagt deine Augenfarbe", sagte sie unsicher und ängstlich. Meine Geduld nahm ein Ende und ich fragte etwas gereizt: „Was meinst du damit?" Sie antwortete mir nicht, sondern gab mir nur den Spiegel, der bei ihr stand. Ich nahm in zögerlich in meine Hand und betrachtete mein Gesicht und meine Augen. Ein angstvoller Schrei verließ meinen Mund. Ich wich erschrocken zurück und der Spiegel landete mit einem lauten Klirren auf dem Boden und zersprang in tausend Teile.

# Kapitel 4

Immer noch geschockt starre ich auf den zerbrochenen Spiegel und raufe mir verzweifelt die Haare. Hektisch atmend stand ich auf und lief ein paar Runden im Zimmer, um mich zu beruhigen. Emilie musterte mich besorgt und ließ mir die Zeit, die ich brauchte. Langsam beruhigte sich mein Herzschlag wieder und ich begann zu sprechen: „Emilie? Was war das? I-Ist das normal?" Unsicher und nervös schaute sie mich an. Sie setze paar Mal an fand aber anscheinend keine Worte und dann sah ich ihn wieder. Diesen Funken Angst in ihren Augen. Sie hatte Angst. Sie hatte Angst vor mir.

*„Warum hat Sie Angst vor mir?"* Langsam aber sicher wurde ich ungeduldig und schaute sie genervt an. „Hör mir zu Rania. Ich-Ich glaube, dass du gerade dabei bist deine wahren Kräfte zu erlangen. Deine Augen sind dabei ihre Farbe zu ändern und ich denke sobald sich deine Augenfarbe ganz geändert hat, wirst du deine wahren Kräfte erlangen, dann wird deine Verwandlung abgeschlossen sein", sprach Emilie zu mir. „Warum muss sich meine Augenfarbe ändern, damit ich sie erlange und was meinst du mit Verwandlung? Weißt du was ich bin", fragte ich unsicher und skeptisch. „Ich weiß, um ehrlich zu sein nicht, wieso sich deine Augenfarbe deswegen verändern muss aber ich weiß was du bist. Ich....Ich weiß es, um ehrlich zu sein schon seit ein paar Jahren", gestand sie mir. *„Deshalb hatte sie so Angst."* „Du...Du hast mich die ganze Zeit belogen. All die Jahre hast du mich belogen", stellte ich enttäuscht und wütend fest. „Bitte sei nicht sauer. Es war nur zu deinem Besten. Du darfst nicht wissen, was du bist. Du darfst diese Verwandlung nicht vollenden. Sie würde dich verändern und um das zu verhindern habe ich dich belogen. Ich dachte, wenn du nicht weißt was du bist, würde die Verwandlung nicht so schnell vorangehen oder gar ausbleiben. Ich will dich doch nur schützen…", sprach sie hektisch und verzweifelt. „Soll das bedeuten, dass du mich die ganze Zeit angelogen hast, nur weil du Angst hattest mich zu verlieren, nur weil du Angst hattest, dass ich mich verändere? All die scheiß Jahre bin ich hierhergekommen in der Hoffnung, mit der Absicht endlich Klarheit zu erlangen. All diese Jahre war es mein größter Wunsch endlich die Wahrheit zu wissen und du wusstest Das. All diese Jahre hast du mir jedes Mal ins Gesicht gelogen.

Und jetzt willst du mir immer noch nicht die Wahrheit sagen, obwohl ich deine Lüge durchschaut hab. Sag mir sofort die Wahrheit und zwar die ganze Wahrheit", sprach ich wütend und fassungslos. Wut flammte in meinen Augen auf und fing an meinen Körper zu kontrollieren. „Es tut mir leid aber ich-Ich kann nicht. Glaub mir es ist besser so für dich." Sie blickte auf den Boden und versuchte meinem Blick zu entkommen. Nun hatte ich genug. Genug von den Lügen, genug von der Heimlichtuerei, genug davon, dass mich immer alle beschützen wollen. *„Wenn sie nicht reden will muss ich sie halt dazu bringen."* Ich fokussierte ihre Augen und konzentrierte mich nur auf Emilie. Ich blendete alles aus. Ich hörte nur noch ihren hektischen Atem und ihren schnellen Puls. Ich sah wie Emilie noch was sagen wollte, wie sie wegrennen wollte. Ich sprach zu ihr: „Ascultă-mă." Sie erstarrte und blieb wo sie war. Ich spürte wie meine Kräfte sich langsam durch ihre Nervenbahnen stachen, wie ihre Sinne langsam betäubt wurden und sie innerlich erstarrte. Als sie ganz und gar unter meinen Bann stand sprach ich wieder zu ihr: „Spune-mi adevărul." Ihr Augen wirkten leer als hätte sie ihre Seele verloren und sie starrte ins Leere. Sie stand da wie eine Statue. "Ich gehorche dir", sprach sie wie ein Roboter zu mir. „Was bin ich?" Zuerst zögerte sie aber dann sprach sie: „Du bist eine Hexe. Eine der stärksten Hexen, die es je gab. Ob du eine gute oder eine böse Hexe werden wirst, steht noch in den Sternen aber bald wirst du die Macht haben ihn zu besiegen. Wenn du deine wahren Kräfte erlangst, wird sich deine Augenfarbe verändern. Da deine Augen sich schon verändern steht deine Verwandlung wahrscheinlich kurz bevor. Deine Kräfte wirst du beibehalten auch wenn deine Verwandlung abgeschlossen ist. Sie werden stärker sein als vorher. Niemand wird dich mehr besiegen können", teilte sie mir mit. „Ich-Ich bin eine Hexe." Erleichterung und Freude durchfuhr meinen Körper. Endlich wusste ich was ich bin. Endlich hatte ich Klarheit. Endlich war Schluss mit den Lügen. Doch die Freude hielt nicht lange an.

# Kapitel 5

Abrupt stoppte meine Unsicherheit wieder meine frohen Gedanken. Sofort sprach ich meine Gedanken aus: „Was meintest du eben mit verändern?" „Sobald deine Verwandlung abgeschlossen ist, könnte sich dein Charakter verändern. Macht verändert Menschen genauso wie Verantwortung und du wirst großes von beiden besitzen. Du bist dazu bestimmt Sirius zu besiegen und die Gefangenen in seiner Einrichtung zu befreien. Es wird einen Kampf geben und nur einer wird siegen. Keiner von euch kann leben, während der andere überlebt. Das heißt am Ende muss einer sterben. So stand es in der Legende geschrieben, genauso wie dort geschrieben stand, dass ein Ereignis eintreten wird, was dich zerstören wird. Etwas wird vor deiner Verwandlung geschehen, was alles verändern wird. So steht es dort geschrieben." Rania: „Was....über mich gibt es eine Legende? Was verschweigst du mir noch alles? Wo ist sie und von welchem Ereignis sprichst du?" Emilie: „Sofort als ich das Pergament und die Bücher über deine Legende gefunden habe, habe ich sie verbrannt. Niemand darf davon wissen. Es wäre zu gefährlich, wenn sie alle davon wüssten. Leider weiß ich nicht, was für ein Ereignis sie meinen könnte." Rania: „Weiß er auch von der Legende?" Emilie: „Ja...Also ich denke schon." Die

Verwirrtheit, die sich seit diesem Gespräch in meinem Kopf ausgebreitet hat, löste sich langsam. Meine Sicht wurde wieder wurde klarer. „Jetzt ergibt auch alles einen Sinn. Deswegen hat er mich die ganze Zeit verfolgt. Er hat mich nie verfolgt, weil er meine Kräfte/Gaben haben wollte, er hat mich verfolgt, weil er mich umbringen will bevor ich ihn umbringe. Hättest du mir das mit der Legende und das ich eine Hexe bin früher erzählt, hätte ich vieles verhindern können. Vieles hätte anders laufen können. Ich hätte trainieren können, um ihn besiegen zu können, um meine Verwandlung schneller abschließen zu können. Danach hätte ich mich ihm stellen können und ihn direkt besiegen können. Hätte ich es gewusst, wäre ich niemals geflohen aus Angst er könnte mir wehtun oder mich töten. Natürlich will er mich töten aber aus einem anderen Grunde. Es ist so bestimmt, dass einer von uns sterben wird. So hat es die Legende vorgesehen und ich werde es nicht sein. Was hast du dir durch diese Lügen versprochen? Ich hätte sowieso irgendwann gegen ihn kämpfen müssen und die Wahrheit wäre ans Licht gekommen. Es steht schließlich in einer Legende. Es muss so geschehen", sprach ich immer noch wütend zu ihr während sie weiter unter meinem Bann stand. „Ich wollte dich beschützen. Ich hatte gehofft, ich könnte die Legende überlisten. Du darfst dich nicht in Gefahr bringen. Ich will dich einfach nicht verlieren. Ich will nicht, dass dieses Ereignis eintritt. Ich will nicht, dass du verletzt wirst", teilte sie mir mit. „Ich verstehe deine Sorge aber du hättest es eh nie verhindern können. Es ist mein Schicksal. Verschweigst du mir noch was oder war das alles", fragte ich nun etwas ruhiger zu ihr. Ich hatte mich inzwischen ein bisschen beruhigt aber war immer noch sehr enttäuscht. Emilie: „Nein das war alles."

Rania: „Ok. Gut. Zeit dich von deinem Bann zu erlösen." Ich fokussierte wieder Emilies Augen und sprach: „Răscumpărat sunteți." Sofort kamen alle meine Sinne wieder an die Oberfläche und ich nahm nun alles andere wieder wahr. Emilie schüttelte kurz ihren Kopf und realisierte langsam wo sie war. „Was ist passiert", fragte sie sichtlich verwirrt. „Ich weiß nun alles was ich wissen muss auch wenn du es mir nicht freiwillig gesagt hast. Tut mir leid, dass ich das getan hab aber ich musste es einfach wissen", sprach ich ehrlich und ernst. „Was? D-Du hast noch nie deine Kräfte gegen mich eingesetzt. Wie konntest du das tun? Ich bin deine beste Freundin", stellte sie entsetzt fest. „Weißt du das gleiche könnte ich dich auch fragen…Ich hatte keine andere Wahl du hingegen hattest eine. Jedes Mal, wenn du mich sahst, hattest du die Wahl, ob du mich weiter belügen willst oder endlich die Wahrheit sagen wirst. Und jedes Mal hast du dich gegen die Wahrheit entschieden. Jedes Mal hast du mir, ohne mit der Wimper zu zucken dreckig ins Gesicht gelogen", sprach ich wieder etwas wütender. „Bitte glaub mir. Es war alles nur zu deinem Schutz. Ich wollte dich einfach nicht verlieren. Bitte….verzeih mir", bat sie mich. Zweifelnd und skeptisch sah ich sie an. Meine innere Stimme stritt mit meinem Herz, was wohl richtig wäre. In der Zeit wo ich mit mir selbst rang, kam Tia zu mir rüber und griff nach meiner Hand. Sie hatte während des Streits einfach ruhig in der Spielecke gespielt. Sie wusste das war eine Sache, in die Sie sich nicht einzumischen hat. Ich drückte ihre Hand leicht. Tia: „Mum. Könnt ihr euch nicht einfach wieder vertragen. Ich meine ihr seid beste Freunde und Emilie hat es doch nur gut gemeint. Sie wird dich sicher nicht nochmal belügen." Auch wenn Tias Worte Wahrheit enthielten, nagten die

Zweifel weiter an mir. Unsicherheit bereitete sich in meinen ganzen Körper aus. *„Sollte ich ihr verzeihen?"* Unsicher schaute ich zwischen beiden umher.

# Kapitel 6

Die Gedanken plagten weiter meinen Geist. Immer noch rang ich mit mir selbst und schaute auf den Boden. Ein leises „Bitte", weckte mich wieder aus meinen Gedanken. Ich schaute hoch in Emilies Augen. „Ich-Ich werde Zeit brauchen. Vielleicht kann ich dir irgendwann verzeihen aber nicht jetzt. Ich brauch erstmal Abstand. Gib mir Zeit", teilte ich ihr mit. Erleichtert schaute sie mich an und lächelte leicht. „Das verstehe ich und ich hoffe das es dir bald gelingen wird mir zu verzeihen. Ich gebe dir alle Zeit der Welt. Es tut mir wirklich leid." „Danke. Ich weiß. Ok ich denke es ist das Beste, wenn Tia und ich jetzt gehen", sprach ich zu ihr. Ich drehte mich um und nahm meine kleine Tasche mit meinen Wertsachen mit. Tia und ich wollten grad aus der Tür doch ein lautes „Warte" ließ mich stehen bleiben. Ich blieb mit dem Rücken zu Emilie stehen und wartete darauf, was sie mir noch zu sagen hatte. Emilie: „Was hast du jetzt vor?" „Ich werde das tun was getan werden muss. Ich werde hierbleiben und ihn erwarten." Emilie: „Das kannst du nicht tun! Deine Verwandlung ist noch nicht abgeschlossen. Du begibst dich in den Tod und du bringst Tia damit in Gefahr.... Bitte warte noch." „Ich bin mir sicher sein Gefolge ist in meiner Nähe. Ich werde mich Ihnen stellen und dann werden sie mich zu ihm bringen. Ich kann nicht warten bis meine Verwandlung angeschlossen ist. Ich fliehe schon zu lange vor meinem

Schicksal. Tia du wirst zu Jack gehen solange ich fort bin. Er wird auf dich achten", teilte ich Emilie und Tia mit. Tia: „Mum....bitte tu das nicht." Ich sah zu Tia runter und sah wie die Angst in ihren Augen aufflammte. Ich drückte ihre Hand fester. „Habt keine Angst. Ich werde siegen. Ich muss das einfach tun. Es geht hier schließlich auch nicht nur um mich. Es sind viele Wesen die er gefangen genommen hat. Sie leiden. Ich spüre es. Ich muss sie retten. Außerdem wenn er noch mehr Kräfte bekommt, wird das schlimme Folgen haben. Er wird die Welt unterjochen. Ihr wisst wie krank er nach Macht ist. Er wird alle Menschen umbringen oder versklaven. Er wird die Welt formen so wie in seinen kranken Vorstellungen. Ich muss das verhindern. Ihr könnt meine Entscheidung nicht ändern", sprach ich ernst und streng. Noch immer stand ich mit dem Rücken zu Emilie während Sie mich traurig und fassungslos musterte schließlich aber akzeptierte was ich entschieden hatte. Emilie: „Pass auf dich auf und viel Glück. Ich werde ab und zu auch nach Tia schauen solange du fort bist. Ich weiß, dass sie bei Jack sicher ist aber vier Augen sehen mehr als zwei.2 Tia nickte nur und ging noch mal zu Emilie, um sich zu verabschieden. Sie umarmten sich kurz und dann nahm ich sie wieder an die Hand und verschwand, ohne mich umzudrehen. Ich flüsterte noch ein leises „Danke" zu Emilie und ich spürte das sie es gehört hatte. Tia und ich gingen wieder aus der Praxis raus, begaben uns in mein Auto und fuhren los.

# Kapitel 7

Die Autofahrt bestand wieder nur aus Schweigen. Dieses Mal war es aber eher ein unangenehmes Schweigen. Keiner von uns wusste so recht, was er sagen sollte und es fühlte sich an als würde man ersticken an dieser Stille. Keiner von uns beiden dachte aber auch nicht daran die Stille zu zerbrechen. Nach weiterem endlosem Schweigen kamen wir nach Stunden endlich zu Hause an. Es ist schon spät abends als ich und Tia das Haus betraten. Sofort als ich drinnen war ließ ich meine Jacke und meine Tasche an ihren Platz schweben. Tia ging in der Zwischenzeit nach oben, um sich schon mal ihr weißes Nachtkleid anzuziehen. Sie trägt fast nur Kleider in den verschiedensten Farben. Genauso wie ich. Obwohl meine Kleider immer schwarz und keine richtigen Kleider sind. Es sind eher Kleider, die zum Kämpfen geeignet sind. Sie bestehen meistens aus Kunstleder, dünnen Stoff, Schutzklappen aus Leder und ein paar Geheimfächern. Dazu trage ich meistens hohe Stiefeletten in schwarz, die meistens aus Leder oder aus Stoff bestehen. Ich besitze nicht viele Stiefeletten und Kleider. Es lohnt sich bei den ganzen Umzügen meistens nur das nötigste mitzunehmen. Über das Kleid trage ich auch immer noch einen Umhang. Er dient zum Schutz. Das ist mein Kampfoutfit aber natürlich trage ich es nicht, wenn ich unter normale Menschen treten muss, dann trage ich immer normale Kleidung und auch Kontaktlinsen aber die trug ich heute natürlich nicht. Ich war ja heute nicht unter normalen Menschen. Ich trug das alles, weil die Menschen nicht sehen dürfen das ich anders bin. So würde er mich nur schneller finden obwohl das jetzt nicht mehr relevant ist. Schließlich möchte ich jetzt das sein Gefolge mich findet. *„Aber zuerst muss ich Tia zu Jack bringen.*

*Dort ist sie sicher.*" Ich beschloss erstmal Abendessen für uns zu machen bevor ich mit Jack telefonieren würde. Ich kannte den Zauberspruch dafür schon auswendig sowie fast alle und so sprach ich: „Odată, mai repede decât oricând." Sofort schwebten Teller und Tassen aus den Schränken auf den Tisch und Töpfe auf den Herd. Besteck schwebte auf den Tisch und anderes machte sich an das Schneiden von Gemüse und Fleisch ran. Als der Tisch fertig gedeckt und das Mahl fertig war kam auch schon Tia nach unten. „Setz dich Tia. Es gibt Essen", bat ich Sie. Sie tat was ich verlangte und wir fingen an zu essen. Aus meinem Blickwinkel sah ich allerdings wie Tia nur lustlos und deprimiert in ihrem Essen herumstocherte. „Tia? Was ist los", fragte ich sie besorgt. Zuerst zögerte sie und starrte nur weiter auf ihr Essen bis sie anfing zu reden. Tia: „Mum....ich will das einfach nicht. Du sollst nicht gehen. Was passiert, wenn ich dich nie wiedersehe? Was ist, wenn das einer unserer letzten Momente sein wird? Was ist, wenn das unser A-Abschied sein wird?" Ängstlich und besorgt blickte sie mich an. Mir entwich ein genervter Seufzer. „Tia hör mir zu. Ich weiß, dass Emilie und du nicht ganz begeistert von dieser Idee seid aber ich muss das tun. Außerdem wenn Jack auch in meiner Nähe wohnt, könntest du weiterhin zur Schule gehen und deine Freunde sehen. Genau das wolltest du doch! Es bringt mir nichts, wenn ich noch länger warte und vor meinem Schicksal fliehe. Außerdem hat Emilie gesagt, dass meine Verwandlung erst abgeschlossen wird, wenn was Entscheidendes passiert. Ich weiß zwar nicht, was genau passieren muss aber weiterhin zu fliehen und nichts zu tun wird sicher nicht zu diesem Ereignis führen. Auch wenn dieses Ereignis anscheinend nicht sehr positiv sein wird, ich werde das schon überstehen. Ich bitte dich nicht zu verstehen, warum ich das tun muss, sondern nur darum es zu akzeptieren…Bitte….mir wird nichts passieren und das wird nicht unser Abschied sein. Es wird alles gut ausgehen! Ich werde siegen. Ich werde ihn umbringen und seine Gefangenen befreien." Tia schaute immer noch besorgt und ich sah, wie die der letzte Funke Hoffnung in ihren Augen erlosch. Die Hoffnung mich umzustimmen. „Ich akzeptiere es", sprach sie wie erstarrt zu mir. Ohne drüber nachzudenken stand ich auf und hob sie vom Stuhl. Ich setze sie auf dem Boden ab und kniete mich dann zu ihr runter. Ich zog sie in eine Umarmung und sie drückte sich fest an mich….

## Kapitel 8

Immer wieder verließen kleine Schluchzer ihre Kehle. Ich hob sie hoch und brachte sie in ihr Zimmer. Ich legte sie in ihr Bett und deckte sie zu. Sie kuschelte sich in ihre Bettdecke und nahm ihren Teddy fest in die Arme. Ich betrachtete sie glücklich und lächelte leicht. „*Mein kleiner Engel.*" Danach schaute ich mich im Zimmer um und scannte es mit meinem Blick doch ich sah nichts Ungewöhnliches weswegen ich beruhigt aus dem Zimmer ging und die Tür schloss. Unten angekommen aß ich mein Essen auf und ließ durch einen Zauber den Tisch abräumen und alles wieder an seinen Platz verschwinden. Ich schaute mich nochmal prüfend um bevor ich Jack anrief aber er ging nicht ran. Ich gab nicht auf und versuchte ihn jetzt schon das vierte Mal zu erreichen. Gerade wollte ich aufgeben und auflegen als er abhob und sich mit verschlafener

Stimme meldete. Ich schreite schon fast durch den Hörer: „Jack?"
Jack: „Wer den sonst? Kannst du mir erklären, warum du mich
mitten in der Nacht anrufst", fragte er genervt. Erleichtert seufzte
ich auf. „Ich muss dich um etwas bitten…aber erst sagst du mir,
warum du dich fünf Monate lang nicht gemeldet hast und auch
nicht blicken lassen hast!" „Ich wollte mich ja bei dir melden nachdem ich dir hinterhergereist bin aber ich hatte Probleme mit dem
Internet und mit dem Telefonanschluss. Allgemein hatte ich zuerst
starke Probleme mit der Wohnungssuche. Weißt du, wie schwer es
ist in Rumänien eine vernünftige und gleichzeitig auch noch billige
Wohnung zu finden! Ich besitze leider nicht so viel Geld und kann
mir direkt ein neues Haus kaufen sowie du…Naja ist jetzt auch
egal. Ich bin ja jetzt hier. Also was ist los?" Zweifel bahnten sich
wieder durch meine klaren Gedanken und Unsicherheit breitete
sich in meinen Körper aus. *„Probleme?"* Meine Unsicherheit und
Zweifel ließen mich weiter schweigen. „Rania?……Bist du noch
dran? antworte mir", forderte er mich auf. Schnell fasste ich mich
wieder und schüttelte die Zweifel aus meinen Gedanken. „Ja ja.
Ich bin noch da. War grad nur in Gedanken. Egal kommen wir zum
Thema. Kannst du ein paar Tage auf Tia aufpassen? Ich muss was
erledigen!" „Ja aber wieso? Ist etwas passiert? Ist er wieder da?
Was musst du erledigen?" Unsicher blickte ich durch die Gegend
und lief während des Telefonierens hin und her. *„Wieso habe ich
das Gefühl, dass ich es ihm lieber nicht erzählen sollte? Wieso
fühlt es sich so falsch an?"* Jack stoppte mit seinen Worten wieder
meine Gedanken. „Du weißt du kannst mir vertrauen oder? Ich bin
immer für dich da und egal was ist, ich werde immer hinter dir
stehen." „Ja ich weiß aber es würde zu lange dauern dir alles am

Telefon zu erklären. Schick mir deine Adresse. Ich werde morgen mit Tia zu dir kommen", versuchte ich ihn zu überreden. „Na gut aber ich erwarte eine Antwort, wenn wir uns sehen!" R: „Jaaa....ok bis dann. „Bis dann." Ich legte auf und atmete erleichternd aus. Das unangenehme Gefühl und die Zweifel, ob ich das richtige tue, blieben allerdings doch ich beschloss sie zu ignorieren. *„Ich reagier bestimmt nur wieder über. Es wird sicher nichts passieren, wenn sie bei ihm ist. Er wird auf sie achten. Ich weiß, ich kann ihm vertrauen. Schließlich war er bis jetzt immer für mich da und hat mir bei allem geholfen. Warum sollte es jetzt anders sein?'"* Ich verwarf die Gedanken und ging hoch in mein Schlafzimmer. Dort angekommen legte ich mich auch schon schlafen. Auch wenn ich wegen diesem unguten Gefühl, dass weiter in meinen Körper herumbrodelte, erst keine Ruhe fand schlief ich nach mehreren Versuchen doch ein....

# Kapitel 9

Mit einem lauten Schrei erwachte ich aus meinen mal wieder von Alpträumen geplagten Schlaf. Schwer atmend und schweißgebadet versuchte ich mich in der Realität zurechtzufinden. Langsam verschwammen die Traumwelt und der Traum. Ich schloss meine Augen und versuchte meinen starken Puls unter Kontrolle zu bekommen, was mir nach einiger Zeit auch gelang. Erschöpft stand ich langsam auf und ging unter die Dusche. Durch das kalte Wasser entspannte ich mich und es ließ den Alptraum in den Hintergrund gleiten. Es war erst ziemlich früh, weswegen ich noch Zeit hatte Tia zu wecken. Fertig geduscht und mit einem Handtuch umwickelt ging ich schnellen Schrittes zu meinem Kleiderschrank. Ich zog mir eine normale schwarze Jeans, einen weißen dünnen Pullover und hohe schwarze High Heels an. Ich machte mich im Bad noch kurz frisch und setze meine blauen Kontaktlinsen ein. Bevor ich sie einsetze, zögerte ich allerdings und trat näher an den Spiegel ran. Ich betrachtete meine Augen und sah nun zum ersten Mal richtig, was für eine Farbe sich immer mehr durch das stechende Rot schlängelte. Ganz langsam stach die Farbe sich durchs Rot und brachte es zum erloschen. Meine roten Augen verloren langsam ihren Glanz und wurden dank der neuen Farbe dunkler und dunkler. Wenn die Verwandlung abgeschlossen ist, wird diese neue Farbe sie ganz einnehmen und das Rot wird für immer verschwinden. Pechschwarz wird dann das einzige sein was ich jeden Morgen im Spiegel sehen werde. *„Ja ihr habt richtig gehört. Schwarz, pechschwarz wird die Farbe sein, die meine Pupillen annehmen werden und es wird nicht mehr lange dauern bis es vollendet ist. Wahrscheinlich würden die Menschen mich dann noch* *mehr fürchten, sollte ich mich ohne Kontaktlinsen zeigen. Werde ich mich eigentlich jemals nicht verstecken müssen?"* Ich entfernte mich wieder ein bisschen vom Spiegel und setze meine Kontaktlinsen ein. Ein erbärmliches Lachen verließ meinen Mund. *„Was denke hier eigentlich? Die Menschen würden sowas wie mich oder uns niemals akzeptieren. Niemals werde ich normal leben können"* Leicht belustigt schüttelte ich den Kopf über diese schwachsinnigen Gedanken und hörte auf über so einen Unsinn nachzudenken. Ich musterte mich noch einmal und als ich mit allem zufrieden war, ging ich zu Tia, um sie zu wecken. Sie war schon wach und ich half ihr dabei ihren Koffer zu packen. Sie wird schließlich ein paar Tage bei Jack bleiben. Als alles fertig gepackt war gingen wir nach dem Frühstück aus dem Haus und fuhren zu der Adresse, die Jack mir heute Morgen geschickt hatte. Die Autofahrt verging recht schnell, da die Adresse nicht weit entfernt war. Trotz dessen verlief sie wie immer schweigend. Nach einer halben Stunde kamen wir an einer Holzhütte an. Sie lag neben einem kleinen See und war zentral an der Schule und dem Dorf gelegen. Das Haus war nicht weit entfernt von der Schule und Tia könnte weiterhin dorthin gehen und ihre Freunde sehen. *„Es war perfekt...für die Tage die ich fort sein werde..."* Vor dem Haus hielt ich an und wir stiegen aus. Jack wartete schon an der Tür und nahm den Koffer entgegen. Er lud uns ins Haus ein und trug den Koffer nach oben. Ich und Tia schauten uns in der Zwischenzeit im Haus um. Es war modern gehalten und sah recht gemütlich aus. Alles in allem war es ganz in Ordnung, obwohl es schon ein paar Schönheitsfehler aufwies. Es war ja aber auch nicht teuer gewesen. Jedenfalls hatte Jack mir das erzählt. Als er wieder runterkam, zog er Tia und mich in eine lange

Umarmung. Nach ein paar gewechselten Worten ging Tia hoch, um sich in ihrem Zimmer umzuschauen während Jack und ich unten blieben. „Du weißt, worauf ich warte! Warum bist du hier? Was ist geschehen?" Nervös zupfte ich an meinem Ärmel herum und sah nach unten. Das ungute Gefühl, dass ich schon seit der Ankunft hatte, wurde stärker doch ich schob es beiseite und erzählte ihm alles was geschehen war und was ich vorhatte. Als ich fertig war, schaute ich in seine Augen doch ich konnte nichts darin lesen. Sie wirkten leer. Allgemein war er ziemlich gelassen, obwohl ich ihm grad schlimme Nachrichten überbracht hatte. Verwirrt blickte ich ihn an bis es mir auffiel. „Du hast es geahnt, oder? Das all das passieren würde. Deswegen reagierst du so gelassen."
„Um ehrlich zu sein...ja...ich habe schon immer geahnt, dass er eines Tages wiederkehren wird, dass du gegen ihn kämpfen wirst, dass du eine Hexe bist...all das habe ich geahnt. Außer eine Sache...ich hätte niemals gedacht, dass Emilie dich belügen würde...sie hätte es dadurch eh nie verhindern können", teilte er mir mit. „Ja wahrscheinlich aber sie hat es nur zu meinem Schutz getan...Wieso hast du mir nie von deinen Vermutungen erzählt?"
„Ich wollte dir keine Angst machen. Außerdem musstest du es selbst herausfinden und es waren wie gesagt nur Vermutungen." Trotz seiner Gelassenheit merkte ich ihm an, dass er nervös war. Ich dachte nicht weiter drüber nach, warum er das war und er zog mich in eine feste Umarmung. Ich erwiderte die Umarmung und drückte meinen Kopf in seine Halsbeule. Als ich seinen schnellen Herzschlag hörte wusste ich, dass ich mich nicht geirrt hatte. „*Warum ist er so nervös in meiner Nähe.*" Wir standen ein paar Minuten umschlungen da, bis ich mich löste und ihn anlächelte. Ich war

glücklich darüber, dass mich wenigstens einer nicht aufhalten wird, dass wenigstens einer mich versteht, versteht warum ich das tue. Er fing wieder an zu sprechen und wirkte immer noch nervös. „Trotz allem fällt es mir schwer dich jetzt gehen zu lassen…Bitte sei vorsichtig...“ Trotz dieser Worte wirkte er weder traurig noch besorgt. Er wirkte eher nervös und angespannt, so als würde er mir was verheimlichen. *„Früher hätte er nicht so reagiert. Irgendetwas stimmt hier nicht.“* Wieder ließen mich meine Zweifel nicht los doch ich ignorierte sie und sagte: „Mir fällt es auch nicht leicht aber ich habe keine andere Wahl. Ich muss jetzt auch wirklich los. Danke, dass du auf Tia Acht gibst.“ Er nickte nur und folgte mir zur Tür. Tia kam auch runter, um sich zu verabschieden und jetzt standen wir an der Türschwelle. Der Moment des Abschieds war gekommen. Ich zog Tia und Jack nacheinander noch einmal in eine feste Umarmung. Dann ging ich und sie blieben in der Türschwelle stehen. Ich drehte mich nochmal um und lächelte Ihnen mit Tränen in den Augen entgegen. Sie erwiderten es und ich blickte ein letztes Mal in Tias graue Augen, die Tränen verließen. *„Hab keine Angst mein Engel. Wie werden uns wiedersehen.“* Sie nickte nur und ich stieg ins Auto. Obwohl es nicht so sein wird, fühlte es sich in diesem Moment an wie ein Abschied für immer. Als würde ich sie nie wiedersehen. Ich ließ dieses Gefühl verblassen und fuhr los. Im Rückspiegel sah ich wie Jack Tias Hand nahm und mit ihr ins Haus ging. Ein letztes Mal schaute er meinem Auto hinterher bevor er die Tür schloss. Ich konzentrierte mich wieder auf die Straße und fuhr nachhause und das ungute Gefühl blieb, die ganze Zeit. *„Habe ich das richtige getan?“*

# Kapitel 10

Zuhause angekommen verließ das ungute Gefühl meinen Magen nicht doch ich musste es loswerden. Ich musste mich auf wichtigeres konzentrieren als meine ständigen Zweifel und meine Unsicherheit. *„Ich reagier nur über. Es wird alles gut werden. Sie ist dort sicher...sie ist dort sicher"*, sprach ich immer wieder in Gedanken zu mir. Um mich abzulenken ging ich ein paar Stunden zu trainieren. Das Training hatte ich die letzten Tage sowieso vernachlässigt. *„Außerdem muss ich in Form sein, ich muss fit sein, wenn ich diesen Kampf gewinnen will."* Ich ging nach oben und zog mein Kampfoutfit an und holte einer meiner Pistole aus meinem Safe, denn ich mit dem Haus erworben hatte. Sie waren dort eingeschlossen für Notfälle, falls ich mal eine brauchen würde, was meistens nicht der Fall war. Meine Magie war sowieso die stärkere Waffe. Danach ging ich wieder nach draußen und fuhr mit dem Auto zu einer nahegelegenen Wiese, die gleich daran an einen Wald angrenzte. Ich parkte mein Auto gut versteckt ein bisschen weiter weg von der Wiese und ging dort hin. Es war bereits früh nachmittags als ich durch die Straße zur Wiese schlich. Ich hatte den Umhang um und die Kapuze tief ins Gesicht gezogen. Es waren zu viele Menschen hier. Sie durften meine Augen nicht sehen, sie durften mich nicht sehen. Zum Glück kam ich bei der Wiese ohne große Vorfälle an. Auf der Wiese angekommen ließ ich meinen Umgang nieder und durch einen Zauber verwandelte er sich in eine kleine Kiste, die nicht mal größer als meine Hand war. Ich steckte Sie in eines meiner Geheimfächer und begann mit dem Kampftraninig. Immer wieder und wieder fuhr ich die Kampftechniken aus, sowohl praktisch als auch theoretisch. Obwohl ich das

Training solange vernachlässigt hatte, beherrschte ich die Techniken, die Übungen immer noch. Es sah fast schon anmutig aus, wie ich langsam und präzise, wie ich schnell und fest die Übungen durchführte. Nach den Übungen ließ ich mich erschöpft in dem daran liegenden Wald auf einem Baumstamm nieder. Schwer atmend holte ich mir eine kleine Flasche Wasser aus einen meiner Geheimfächer und trank mehrmals daraus. Nachdem ich mich ein paar Minuten ausgeruht hatte, setzte ich mich nun an das Schießtraning. Ich holte meine Pistole raus und suchte mir ein Ziel, dass ich treffen musste. Zuerst schoss ich auf die Mitte eines Baumes, dann auf einen bestimmten Ast. Ein paar Mal schoss ich daneben, bis ich traf. Hohe Konzentration herrschte gerade in mir. Nachdem ich noch ein paar Mal auf Bäume und andere sich nicht bewegenden Sachen schoss, musste ich es nun an einer bewegenden Sache versuchen, einem Tier. Auch wenn ich eigentlich keine Tiere erschoss, war es einer der besten Übungen. Man musste sich dabei voll und ganz konzentrieren. Während ich voller Konzentration einen kleinen Vogel anvisierte bekam ich nicht mit, wie zwei Personen den Wald betraten, wie sie sich mir immer weiter näherten. Erst als der Vogel durch ein lautes Knacksen verscheucht wurde, kam ich wieder zu mir. „Verdammt", fluchte ich wütend. Doch als ich das Knacksen wieder hörte, verwandelte sich meine Wut in Angst. Schnell blickte ich mich um bis ich zwei Männer erkannte, die nicht weit von mir den Wald durchsuchten. „Polizisten? Was machen die den jetzt hier", fragte ich mich verzweifelt und dann fiel es mir auf. Ich hatte die Pistole ohne den Schalldämpfer eingepackt. Wahrscheinlich war ich wieder in Gedanken versunken gewesen. *„Sie haben die Schüsse gehört oder irgendjemand anders hat das und derjenige muss dann die Polizei verständigt haben. Ok. Ganz ruhig"* Langsam und bedacht ging ich weiter und sah mich immer wieder nach hinten um. Bis jetzt hatten sie mich noch nicht entdeckt. Ich versteckte mich dicht hinter ihnen hinter einem Baum und hörte ihrem Gespräch zu. „Mac. Bist du sicher, dass der Mann sich nicht verhört hat. Ich sehe hier weit und breit niemanden." „Ja ich auch nicht aber sieh mal dahinten!" Sie gingen zu einem der Bäume, auf die ich geschossen hatte und inspizierten die Einschusslöcher. „Sieht so aus als ob der alte Mann recht hatte." Der andere, der anscheinend Mac hieß, schaute sich weiter um und entdeckte die anderen Schusslöcher in den Ästen sowie in den Bäumen. M: „Schau mal hier sind noch mehr Einschusslöcher." Verwirrt betrachtete der andere die Einschusslöcher. Sie schauten sich immer wieder um aber entdeckten mich nicht. Still und leise konzentrierte ich mich weiter auf das Gespräch. M: „Also entweder hat hier jemand wild herumgeschossen, weil er Langeweile hatte oder jemand hat hier Schussübungen vollzogen." Der andere gab ein Lachen von sich. „Also ich denke eher, dass hier jemand Schussübungen vollzogen hat und da die Einschusslöcher noch frisch sind, müsste er oder sie noch in der Nähe sein." „Ja du hast wahrscheinlich recht. Lass uns weitersuchen. Weit kann er oder sie noch nicht gekommen sein." Ich lugte wieder hinter dem Baum hervor und sah wie sie nun ein bisschen schneller durch den Wald gingen und ihn absuchten. Sie kamen mir immer näher. *„Ich muss hier weg aber wenn ich mich bewege werden sie mich sehen. Ich kann nicht riskieren mit Ihnen in einen Kampf zu geraten, sollten sie mich bei der dann bevorstehenden*

*Verfolgungsjagd einholen. Sie dürfen meine Augen nicht sehen!*
*Ich muss unerkannt bleiben. Nebel würde sich perfekt eignen, um*
*zu verschwinden ohne dass sie mich entdecken.*" Ich musste ein
bisschen Nachdenken, um den Zauberspruch für Nebel wieder in
mein Gedächtnis zu bekommen. Nach ein paar Überlegungen viel
er mir aber zum Glück dennoch ein. Ich öffnete meine Hände und
sprach: „Faceţi mediul meu invizibil, ca şi mine". Langsam trat
leichter Nebel aus meinen Händen und webte sich durch den Wald.
Er wurde dichter und dichter, bis man gar nichts mehr sehen
konnte außer sich selbst. Ich schloss meine Hände wieder und
schaute mich um. Ich hörte die Polizisten nur fluchen. „Verdammt.
Wo kommt den jetzt dieser Nebel her. Wie sollen wir ihn oder sie
den jetzt finden", fluchte Mac laut. „Lass uns umdrehen. Es wird
noch dauern, bis der Nebel sich verzogen hat. Wir können hier
nicht so lange warten. Bis dahin ist er oder sie schon fort", versuchte der andere ihn zu beschwichtigen. „Du hast recht lass und
gehen." Ihre Schritte entfernten sich langsam von mir und ich beschloss nun auch aus dem Wald zu gehen. Langsam und bedacht
ging ich, da ich durch den Nebel auch nicht viel sehen konnte,
durch den Wald. Das war das Negative an diesem Zauberspruch.
Als ich endlich draußen war und sie nirgends erblickte, atmete ich
erleichterte aus. *„Das war knapp. Ich muss nächstes Mal vorsich-*
*tiger sein.*" Trotz dem sich gerade geschehenen Ereignis beschloss
ich noch eine Übung zu machen, bevor ich wieder fahren würde.
Ich setze mich auf die Wiese und fing an zu meditieren. Das half
mir immer sehr dabei meine Kraft zu kontrollieren. Ich setzte mich
in den Schneidersitz und schloss meine Augen. Ich öffnete meine
Hände und spürte wie der aufkommende Wind sie umhüllte. Nun

konzentrierte mich auf den Wind und sein Rauschen, auf das Grummeln der Wolken, auf die Geräusche der Natur. In einem Buch hatte ich mal von einem sehr schwierigen und mächtigen Zauber gelesen. Diesen wollte ich nun ausprobieren. Früher hatte ich ihn auch schon mal ausprobiert, allerdings gelang er mir nie. Nur richtigen mächtigen Zauberern/Hexen ist er bis jetzt gelungen. Damals hatte ich es deswegen auch schnell aufgegeben. Schließlich glaubte ich damals nicht daran eine Hexe zu sein. Obwohl es mir schon klar hätte sein müssen, bei den ganzen Fakten. Es war ein Zauber, mit dem man das Wetter beeinflussen kann. Man muss sich dabei auf die Natur konzentrieren und sie deine Wut oder Trauer spüren lassen. Wenn man sich stark genug konzentriert und dieses Gefühl durch sich ziehen lässt, kann man damit Unwetter auslösen und das Unwetter würde erst erlöschen, wenn es dieser Person, die den Zauber vollzogen hat, wieder gut geht. Da meine Emotionen sowieso gerade sehr stark waren, könnte es funktionieren. Ich konzentrierte mich also weiter auf die Geräusche der Natur und ließ Bilder durch mein Gedächtnis gleiten, die diese Wut auslösen sollten. Alte Ereignisse spielten sich vor meinem inneren Auge ab. Ereignisse die ich schon längst verdrängt hatte. Verlust, Verrat, Abschied, Flucht, Kampf, Angst, Verwirrung. All diese Begriffe beschrieben die vergangenen Ereignisse. Langsam baute sich Wut in mir auf. Er hatte mir alles genommen was ich liebte, meine Familie, meine Freiheit, mein Leben. Er hat mich leiden lassen. Er hatte alles zerstört. Die Wut vermehrte sich und es fühlte sich an als würde mein Herz vor Wut gleich brennen. Meine Hände ballten sich zu Fäusten und die Wut übermahnte mich. Ich bekam nicht mit, wie der Wind immer heftiger wurde, wie der Donner immer bedrohlicher klang, wie viel dunkler es wurde. Das Rauschen des Windes wurde immer lauter und die Äste an manchen Bäumen gaben nach, brachen ab, flogen weg. Alte Bäume kippten um, Blätter flogen umher. Doch das alles bekam ich nicht mit. Die Wut hatte mich gefangen. Dann ändert sich alles. Die negativen Ereignisse wurden immer mehr, überschlugen sich, die Wut verwandelte sich in Verzweiflung, an der ich zu ersticken drohte. Trauer überkam mich und ich begann überall zu zittern. Ein Stechen durchfuhr mein Herz als die Bilder wieder durch meinen Kopf rasten. Gedanken brachten meinen Kopf zum Platzen. Ich fühlte mich als würde ich ersticken an diesen Gefühlen. Und dann wurde alles zu viel. Tränen bahnten sich den Weg über meine Wangen und ich ließ meinen Kopf in die Hände sinken. Ein schmerzhafter lauter Schrei verließ meine Kehle. Mehrmals schrie ich verzweifelt bis mich ein Heulkrampf verstummen ließ. Das Unwetter hatte sich mittlerweile verschlimmert. Regen prasselte nun in Strömen hinab. Weiterhin wurde alles vom Wind herumgewirbelt und zerstört. Meine Haare waren klatschnass genauso wie meine Klamotten. Langsam aber sicher wurde mir immer kälter. Durch die Kälte kamen meine Sinne wieder an die Oberfläche. Mittlerweile war mein Schluchzen verstummt, mein Atem beruhigte sich und ich kam wieder in die Realität zurück. Schwer atmend legte ich meinen Kopf in den Nacken und ließ den Regen an ihm hinablaufen. Es entspannte mich und ich stand langsam auf. Ich wischte mir einmal übers Gesicht und holte dann die kleine Kiste aus einen meiner Geheimfächer. Ich sprach den Zauber, um sie wieder in einen Umhang zu verwandeln. Ich zog mir den Umgang über und zog mir die Kapuze über den Kopf. Immer noch von

Trauer benommen ging ich schnellen Schrittes zu meinem Auto. Als ich drinnen war ließ ich meinen Kopf nach hinten fallen. Ich atmete erleichternd aus. Die Trauer verschwand langsam und ich fühlte mich befreiter. Als hätte ich diesen Ausbruch gebraucht, um mein Gleichgewicht wiederzufinden, um wieder klar denken zu können. Das ungute Gefühl hatte ich die ganze Zeit erfolgreich verdrängt gehabt. Es kam nicht wieder. Ich richtete meinen Kopf wieder auf und fuhr nach Hause.

# Kapitel 11

Wieder Zuhause erschienen, ging ich als erstes ins Bad. Ich zog die nassen Klamotten aus und warf sie in die Waschmaschine. Dann stieg ich unter die Dusche. Ich ließ das kalte Wasser meinen Rücken runterlaufen und hielt meinen Kopf unter den laufenden Duschkopf. Es entspannte mich und ich schaffte es sogar kurz abzuschalten und alles um mich herum zu vergessen. Nach einer gefühlten Ewigkeit riss ich mich aus dieser Position und ging aus der Dusche. Kaum war ich draußen sammelten sich wieder tausend Gedanken in meinem Kopf doch ich schaffte es sie zu ignorieren. Ich schüttelte instinktiv noch einmal meinen Kopf und zog mir meine schwarzen Leggins und meinen rosanen dicken Pullover an. Meine Overknees legte ich zum trocken unter meine Heizung. Da es mittlerweile schon abends war, beschloss ich mir was zu essen zu machen. Ich ging wieder runter in die Küche und holte aus dem Kühlschrank eine Packung Milch und aus meinem Hängeschrank eine Packung Cornflakes. Frisch angemixt ging ich nun mit der

Schüssel Müsli zum Sofa und holte ein Buch aus meinem Bücher-regal hervor. Ich hatte meistens keine Zeit zum Lesen wegen den ganzen Umzügen und dem Training. Sollte ich allerdings mal Zeit finden, nutzte ich die Zeit zum Lesen. Ich kramte aus meinem Bü-cherregal ein Buch, dass ich schon lange lese aber nie bis zum Ende kam. Meistens wurde ich unterbrochen oder ich musste wich-tigeres erledigen. Früher war das anders. Früher gab es nichts Wichtigeres als Lesen für mich. Tag und Nacht war ich in Büchern versunken und habe mir manchmal gewünscht, mein Leben würde so sein wie dort. Klar gab es auch Geschichten von Personen des-sen Leben schlimmer war als meins, Leben, die ich nicht vorziehen würde aber meistens waren ihre Leben besser, sicherer und lebens-werter. Aus diesem Grund habe ich auch so viel gelesen. Es half mir meistens mich von diesem Leben oder negativen Erlebnissen abzulenken. Es brachte mich in eine neue Welt, eine Welt mit neuen Regeln, neuen Menschen, neuen Herausforderungen und neuen Erlebnissen. Egal ob positiv oder negativ am Ende endend, es war immer schön in diese andere Welt abzutauchen, obwohl selbst mein Leben aus einer Geschichte hätte stammen können. Schließlich gibt es solche Wesen wie mich ja eigentlich nicht, also wenn man den Menschen glauben will. In Wahrheit gibt es alles, was in den Büchern auch vorhanden ist. Vampire, Hexen, Wer-wölfe, Feen, Elfen usw. Man muss nur wissen, wo sie sich aufhal-ten, wo sie sich verstecken. Würden sie sich alle zeigen, würden die Menschen staunen und sich fürchten. Manche würden ihre Macht besitzen wollen, andere wiederum würden diese Wesen wie Dreck behandeln, wieder andere würden sie ganz ignorieren, sie von ihrer Gesellschaft ausschließen. Im Endeffekt würden sie nie dazugehören, sie würden nie wieder beschwerenlos leben können. Vielleicht würden sie ja auch gar nicht mehr leben, aussterben oder ausgerottet werden. Den Menschen würde ich sowas zutrauen. Sie töten, was ihnen Angst macht. Sie sind grausam. Lassen sich von ihrer Angst leiten. Nicht umsonst gibt es in manchen Städten noch Vampirjäger oder Wilderer die diese Wesen, die UNS das Leben nehmen. Nur weil wir anders sind oder weil sie denken wir wären gefährlich. Natürlich sind einige von uns auch gefährlich aber wir sind keine wilden Tiere, auf die man immer nur aufpassen muss. Wir haben gelernt zivilisiert zu leben, uns dem Menschenleben anzupassen. Wenn die Menschen wüssten wie viele Vampire oder Werwölfe unter Ihnen leben, würden sie nicht mehr sorgenfrei leben können. Aber sie könnten es. Würden sie uns vernünftig behandeln, uns akzeptieren würden wir uns auch zeigen. Wir könnten dann vielleicht sogar alle in Frieden leben aber das würde niemals passieren. Auch wenn es mittlerweile Menschen gibt, die solche Wesen wie uns "cool" finden und uns an Tagen wie Halloween verehren, ist die Zahl der Menschen die uns fürchten größer und auch die Menschen die uns "cool" finden oder verehren würden niemals wollen, dass es uns wirklich gibt. Wir sind anders und anders ist falsch. Ich schüttelte leicht meinen Kopf und konzentrierte mich nun wieder auf das Buch, dass ich bereits in der Hand hielt. Ich machte es mir auf dem Sofa gemütlich und stellte das Müsli auf meinen Couchtisch ab und begann zu lesen. Zuerst klappte es gut sich in die andere Welt zu begeben aber trotz dessen kam ich nie wirklich rein. Ich konnte mich einfach nicht konzentrieren. Genervt schaute ich wieder hoch und legte meine Stirn in Falten. *„Wann werde ich endlich wieder dieses Leben genießen können?"*

# Kapitel 12

Genervt stand ich auf und legte das Buch wieder an Ort und Stelle. *„Ich werde es wahrscheinlich nie schaffen, dieses Buch zu Ende lesen."* Darauffolgend aß ich mein Müsli zu Ende und holte mein Handy raus. Ich kontrollierte, ob ich irgendwelche Nachrichten bekommen hatte und tatsächlich hatte mir Emilie zurückgeschrieben. Sie wollte allerdings nur wissen, ob alles gut sei und ob ich Jack erreichen konnte. Ich verfasste eine Nachricht, in der ich ihr mitteilte, dass alles gut sei und dass ich ihn erreichen konnte und dass Tia nun bei ihm war. Da ich mir Sorgen machte, schrieb ich auch noch Jack eine Nachricht, ob denn alles okay sei. Nachdem ich die Nachricht versendet hatte, beschloss ich ins Bett zu gehen. *„Ich werde die Antwort morgen lesen. Ich brauche jetzt Schlaf. Ich muss Kraft tanken."* Ich ging nach oben und zog mir zum Schlafengehen einen Hoodie über. Danach ging ich noch einmal ins Bad, um mich fertig zu machen. Ich betrachtete mich wieder vor dem Spiegel und stellte fest, dass meine Augen sich nicht verändert hatten. *„Entfernte ich mich etwa von diesem Ereignis oder warum werden sie nicht dunkler"*, stellte ich mir innerlich die Frage. Ich musterte meine Augen verwirrt, dennoch änderte sich nichts. Ich verwarf meine Verwunderung und ging ins Schlafzimmer. Dort angekommen drehte ich meine Heizung ein bisschen auf. Ich fror eigentlich selten, weswegen ich ja auch ein Kleid als Kampoutfit trug, aber dieses Mal war es selbst mir zu kalt in meinem Zimmer. Schließlich war es ja auch schon Ende November aber an Weihnachten war grad nicht zu denken. Es war zwar noch lange hin aber man merkt das dieses Fest näherkommt. Viele meiner Nachbarn hatten schon angefangen zu schmücken und waren bereits in Vorweihnachstimmung. Trotz dessen kam sie bei mir nicht auf. Ich hatte gerade andere Sorgen. Außerdem hatten Tia und ich wegen den ganzen Umzügen sowieso meistens keine Zeit. Wenn wir mal Zeit hatten, verbrachten wir Weihnachten im Auto oder zwischen Kartons in dem neuen Haus oder zwischen Kartons in dem alten Haus. Meistens war es dann immer mit Stress verbunden, weswegen wir es meistens ja auch nicht feiern. Vielleicht war ich deswegen ja auch nicht in Weihnachtstimmung. Es ist für mich eigentlich wie ein normaler Tag. Ich schüttelte meinen Kopf, um diese Gedanken aus meinem Kopf zu bekommen. *„Es gab jetzt Wichtigeres, über das ich mir Gedanken machen sollte."* Nachdem ich die Heizung aufgedreht hatte, ging ich ins Bett, wo ich auch nach ein paar unruhigen Bewegungen einschlafen konnte. Als ich am nächsten Morgen aufwachte, ging ich, nachdem ich mein Kampoutfit angezogen hatte, direkt zum Auto und fuhr zu einem alten Gebäude. Ich kannte den Weg dorthin aber ich wusste nicht, was mich auf einmal dazu brachte dorthin zu fahren. Ich hatte einfach dieses Gefühl, dass ich dorthin musste. Als ich bei dem alten Gebäude ankam, lief ich schnell rein. Es war eine alte Lagerhalle mit eingebautem Keller. Obwohl sie ziemlich heruntergekommen war, sah es so aus, als würde dort jemand wohnen aber ich beachtete dies nicht. Ich ging in den Keller und stand nun vor einer Tür. Mich überkam ein ungutes Gefühl. Ich wusste in den Raum war nichts Gutes aber der Drang, die Tür zu öffnen verschwand nicht. Langsam und vorsichtig drückte ich die Klinke runter und öffnete die Tür einen Spalt weit. Ich lugte durch den Spalt und was ich da sah ließ Tränen in meine Augen steigen und mein Herz blieb stehen. Gebannt hielt ich meinen Atem an. Ich war wie gefroren. Tia saß dort zusammengebunden auf einem Stuhl vor einem Tisch. Es sah so aus hätte man sie vernommen, so wie man es bei Verdächtigen bei der Polizei tat. Aber sie sah weitaus schlimmer aus als die Verdächtigen es meistens taten. Sie hatte überall blaue Flecke und Blutergüsse. Zudem war sie überhäuft mit blutigen Wunden und ihre Sachen waren zerrissen und blutig. Ihre Haare waren zerzaust und ihre Haut war blass. Ich erwachte langsam aus meiner Starre und rannte zu ihr. Ich kniete mich vor ihr hin und hob ihr Gesicht an, dass sie gesenkt hatte. „Tia....Hörst du mich? Tia bist du wach...", fragte ich sie verzweifelt doch sie rührte sich nicht. Tränen flossen an meinen Wangen herunter als ich keinen Puls fühlen konnte. „Nein....Nein...Nein" Ich rüttelte panisch an ihr und schrie immer wieder ihren Namen während Heulkrämpfe mich durchschüttelten. Doch sie wachte nicht auf. Sie war tot. Immer noch die Sicht von Tränen verschwommen sackte ich auf den Boden herab und vergrub mein Gesicht in meinen Händen. „ *Wieso?* " Bevor mir allerdings schwarz vor Augen wurde, drang eine Stimme zu mir durch: „Weißt du? Du hättest mir nicht vertrauen sollen. Dachtest du wirklich ich wäre auf deiner Seite!" Ein hinterlistiges Lachen verließ seinen Mund. Bevor ich die Stimme jedoch zuordnen konnte, verblasste alles um mich herum und ich nahm nichts mehr war. Dann sah ich nur noch Dunkelheit bis ich mit einem lauten Schrei in meinem Bett aufwachte. Meine Atmung war hektisch und mein Puls raste, während ich langsam realisierte wo ich mich befand. Langsam aber sicher kam ich wieder in der Realität an und beruhigte mich. „ *Es war nur ein Traum...Es war nur ein Traum* ", sprach ich immer wieder zu mir selbst. Ich holte mir mein Handy von Nachtschrank und entsperrte es. Ich hatte eine Nachricht von

Jack bekommen in der er mir mitgeteilt hatte, dass alles okay sei und Tia beruhigt schlafen würde. Erleichternd atmete ich aus und mein Körper entspannte sich. *„Es war nur ein Traum. Er wird nicht Wirklichkeit werden."* Ich schrieb ihm Danke zurück und drückte meinen Kopf ins Kissen. Auch wenn dieses Ereignis nicht wahr war, verschwanden die Bilder in meinem Kopf nicht. Immer wieder sah ich ihren leblosen Körper vor mir und die Tränen liefen automatisch schon wieder meine Wangen hinab. Während ich trotz dessen langsam wieder in den Schlaf glitt, blieb eine Frage in meinem Kopf stecken. *„Wird es wirklich passieren und zu wem gehörte diese Stimme?"*

# Kapitel 13

Als ich etwas später wieder aufwachte waren die Fragen immer noch nicht aus meinem Kopf verbannt und die trockenen Tränen hafteten an meinen Wangen. *„Hatte dieser Traum was zu bedeuten?"* Diese eine Frage und weitere schwirrten weiterhin in meinem Kopf rum. Ich versuchte zwanghaft den Traum und die Fragen aus meinem Gedächtnis zu löschen, zu ignorieren doch es gelang mir nicht. Immer noch benebelt von diesen Gedanken stand ich auf und schlurfte langsam ins Bad. Ich drehte den Wasserhahn auf und schmiss mir eine Ladung kaltes Wasser ins Gesicht, um wieder klar denken zu können, denn es war nur ein Traum. *„Es wird nicht passieren!"* Doch meine andere Seite, die nur aus Zweifel und Unsicherheit bestand, glaubte den Stimmen in meinem Kopf nicht. Die Angst blieb. Die Angst davor, dass dieses Ereignis, das sein könnte, was die Legende gemeint hat. Das Ereignis was mich zerstören würde aber meine Verwandlung vollenden würde und wenn das passiert, wird es mich zerstören. Kein anderes Ereignis könnte mich so zerstören, wie das in meinem Traum. Trotzdem wollte ich es nicht wahrhaben, dass es wahrscheinlich wirklich passieren würde und so verdrängte ich diese Gedanken und trocknete mein Gesicht ab. Ich blickte mich im Spiegel an und wich zurück. *„Meine Augen. Nein!"* Ich blickte in tiefschwarze Augen. *„Wie kann das sein? Es ist doch noch gar nicht geschehen!"* Panisch kniff ich meine Augen zusammen und öffnete sie dann leicht wieder und tatsächlich. Sie waren nicht mehr schwarz. Ich hatte mir das alles nur eingebildet. *„Na großartig. Jetzt habe ich auch noch Wahnvorstellungen. Alles nur wegen diesem Traum."* Frustriert fuhr ich mir durch die Haare und starrte auf meine Augen im Spiegel. Ich sah wie das Schwarz immer kräftiger wurde und das Rot fast verschwunden war. Ich kam dem Ereignis näher. *„Ok. Ganz ruhig. Das muss nicht bedeuten, dass es dieses Ereignis sein wird. Nein! Es wird nicht passieren!"* Auch wenn ich mir selbst immer noch nicht glaubte, ließ ich nun vom Spiegel ab und sprang noch einmal schnell unter die Dusche, um wieder klare Sicht zu bekommen. Nachdem ich ausgiebig lange unter der Dusche stand, machte ich mich nun auf den Weg meine Sachen zu packen. Im Zimmer angekommen zog ich mir mein Kampfoutfit an und band meine langen schwarzen Haare zu einem Zopf. Ich fing an meinen kleinen Koffer zu packen. Denn nun war es an deiner Zeit meine Reise anzutreten. Sirius und sein Gefolge hatte ich den letzten Tagen nirgendwo angetroffen. Eigentlich wollte ich warten, bis sein Gefolge mich findet und mich dann von ihnen zu Sirius führen lassen aber ich konnte nicht noch länger warten. Ich musste ihn selbst finden und ich hatte auch schon eine Ahnung, wo ich anfangen könnte. Ich packte in meinen Koffer nur ein paar wichtige Sachen rein. Ein zweites Kampfoutfit und ein paar normale Klamotten. Wer weiß wie lange ich unterwegs sein werde. Dann holte ich noch meinen Rucksack und verpackte ihn mit Munition, Zwei Pistolen, Messer, Kontaktlinsen, Wasser usw. Nachdem ich alles verstaut hatte, trug ich den Koffer sowie meinen Rucksack ins Auto. Danach ging ich wieder nach oben und tauschte meine Hausschuhe gegen meine Overknees und hang mir meinen Umgang über. Schnell ging ich noch einmal in die Küche und holte mir einen Apfel, denn ich auf den Weg zur Haustür verschlang. Ich zog die Haustür zu und schloss ab dann ging ich einen Schritt zurück. Ich ging die kleine Treppe direkt nach meiner Haustür runter und blieb stehen. Ich beschloss mein Haus mit einem Schutzzauber zu umgeben. So konnte es niemand betreten, solange ich fort sein werde. Diesbezüglich öffnete ich meine Hände und hielt sie in die Luft. Ich wusste den Zauberspruch aber ich wusste auch, dass es schwer sein wird das hinzubekommen. Ein Schutzzauber ist sehr schwierig zu vollziehen, dennoch versuchte ich es und sprach: „Protejați-mi casa mai ales rău." Ich sah wie schwarzer Rauch aus meinen Händen stieg und langsam um das Haus schwebte. Er legte sich wie eine schwarze Rauchwolke ums Haus und blitze an einigen Stellen. Donner entfachte sich und die schwarze Rauchwolke wirkte bedrohlich. Dann verschwand sie langsam wieder und man sah sie nicht mehr. Vorsichtig fühlte ich mit meinen Händen in der Luft und tatsächlich. Meine Hand wurde gehalten von einer unsichtbaren Wand. Langsam ließ ich meine Hand weiterreingleiten und als ich durch die Wand ging und auf der ersten Treppenstufe stand, sah man wieder die schwarze Rauchwolke, in der ich jetzt stand. Innerlich baute sich Freude in mir auf, weil mir dieser schwere Zauber gelungen war. Niemand außer ich würde je wieder dieses Haus betreten können, ohne zu sterben. Es sei denn ich bete ihn herein. Ich betrachtete noch einmal glücklich mein Werk und ging dann wieder durch die unsichtbare Wand. Draußen sah man wieder nichts mehr von der tobenden unsichtbaren Rauchwolke. Nur ich konnte sie betreten und natürlich auch nur sehen, sobald ich sie betreten würde. Noch einmal blickte ich mich um und erinnerte mich an alles zurück, was in diesem Haus geschah. Eine Träne lief meine Wange hinab. *„Mir wird dieses Haus fehlen, auch wenn ich wiederkehren werde."* Ich wischte mir die Tränen aus dem Gesicht und stieg in mein Auto. Ich startete den Motor und entschied als erstes zu der Lagerhalle in meinen Traum zu fahren. Auch wenn der Traum nicht wahr war, ich musste dort einfach vorbeischauen. Ich hatte den Weg immer noch im Kopf, weswegen ich ohne Navi losfuhr.

# Kapitel 14

Nach circa zweieinhalb Stunden erreichte ich mein Ziel. Die Autofahrt verging zum Glück ohne negative Vorkommnisse. Unruhig und auch ein bisschen von der Angst gelenkt, wollte ich erst umdrehen als ich die große Lagerhalle erblickte, doch ich schüttelte diese Angst weg, indem ich einmal tief ein- und ausatmete. Schnell hatte ich mich wieder beruhigt und stieg endlich aus meinem Auto aus. Vorsichtig und leise ging ich langsam zum Eingang der großen Lagerhalle und stellte mich seitlich neben die Tür. Bedacht drückte ich die Klinke runter, während ich in der anderen Hand meine Pistole hielt. Langsam öffnete ich die Tür und sie ergab ein Quietschen von sich, weswegen ich einen Moment innehielt. Panik stieg in mir auf aber es kam niemand und ich sah niemanden, weshalb ich die ins Leere gerichtete Pistole wieder nach unten richtete und weiterging. Als ich das innere der Lagerhalle erblickte zog ich scharf Luft ein und erstarrte für einen Moment. *„Wie kann das sein"*, stellte ich mir innerlich die Frage während ich weiter die Halle musterte. Alles sah genauso aus wie in meinem Traum. Die Panik vermehrte sich in mir und Tränen schossen mir in die Augen als mir die Bilder vom Traum plötzlich wieder in den Sinn kamen. Es war keine gute Idee hierher zu kommen aber ich hatte keine andere Wahl. Immer mehr stiegen meine Zweifel und meine Unsicherheit. *„Was, wenn es eine Vision war? Das würde auch erklären, warum alles gleich aussah. Ich kannte die Lagerhalle aus meinem Traum nämlich gar nicht. Genau wie den Weg. Nur der Traum hat mir Bilder gezeigt und wenn es eine Vision war, steckt vielleicht noch mehr Wahrheit in ihr. Ein Traum könnte sowieso niemals so real wirken, wie es die Vision war."* Allerdings hatte ich nie Visionen. Das machte die ganze Sache noch verwirrender. Außerdem war ich mir sicher, dass selbst wenn es eine Vision war, sie nicht heute wahr werden würde. Das wäre zu früh. Jedenfalls hoffte ich das. Langsam fasste ich mich wieder und riss mich aus meiner Gedankenwelt. Vorsichtig ging ich weiter und sah mich um. Das Lagerhaus hatte drei Etagen. Ein Erdgeschoss, einen Keller und eine erste Etage. Im Erdgeschoss waren viele Kartons,

Kisten und Container in allen möglichen Größen und aus verschiedenem Material. Pappe, Metall, Kunststoff, Holz usw. Die Wände waren vollgestellt mit beladen Holzkisten. Was sich darin befand konnte ich nicht lesen, da es auf Chinesisch geschrieben wurde. Ich ging weiter neben den Kisten umher und versteckte mich immer leicht hinter ihnen, während ich mir einen Weg zum Keller bahnte. Weiter erblickte ich Gabelstapler und andere Werkzeuge oder Maschinen, die dort standen. Das Erdgeschoss hatte keine Decke. Eigentlich gab es nur ein Geschoss und das war das Erdgeschoss, bei dem man direkt zum Dach schauen konnte. Es war ziemlich hoch gebaut, was ja auch logisch war. Wie sollten sonst hier die ganzen großen Laster reinpassen, wenn sie ihre Ware abholen bzw. ausliefern. Dementsprechend besaß das Lagerhaus auch eine große breite Tür, die paar Meter weiter an eine kleine Tür angrenzte. Durch diese Tür war ich auch eingetreten. An den Seitenwänden des Erdgeschosses befand sich an jeder Seite eine kleine Treppe, wodurch man auf ein Geländer gelang, das um die Innenwände des Erdgeschosses verlief. Man gelangte auf eine Art Metallbrücke. Sie war schwarz und glänzte ein wenig, wenn die Sonne durch die Fenster schien, so wie sie es gerade tut. Neben der Brücke waren an der Wand in regelmäßigen Abständen mal eine Tür, die in kleine Räume führte oder ein Fenster, dass das Lagerhaus mit Sonnenlicht durchflutete. Wofür die kleinen Räume in der sogenannten ersten Etage sind und was darin gelagert wurde, wusste ich nicht. Sie waren in meiner Vision verschlossen geblieben. Dennoch war mir bewusst, dass hinter schweren Metalltüren sicher nicht Ware gelagert wurde. Was wäre den bitte von so unschätzbarem Wert, dass man es so verschlossen halten musste. Außerdem waren diese Türen auch schalldicht. Trotz dessen war ich mir sicher, dass das hier nicht Sirius Versteck war. Laut den Gerüchten hatte er ein groß angelegtes Labor mit sehr vielen Sicherheitsleuten. Davon war hier keine Spur. Egal was in dieser Lagerhalle gelagert wurde. Es musste dem Anschein nach nicht so sehr geschützt werden. Sonst wären hier sicher auch Sicherheitsleute. Oben in der ersten Etage gab es sonst nichts mehr außer ein paar Türen und Fenster. Es war einfach nur eine Brücke die, die Wand entlanglief. Von innen sah man auch nicht, dass hinter den Türen noch Räume waren. Das sah man nur von außen, wie ich schon festgestellt hatte. Unten im Keller befand sich nur ein Raum, den ich auch gleich betreten werde. Wenn man die Treppe zum Keller runter ging, wo ich gerade dabei war, stand man am Ende der Treppe vor einem dunklen Gang. Doch ich verzog keine ängstliche Miene, als ich den Gang entlang schritt und Dunkelheit mich umgab. Dank meiner außergewöhnlichen Sehstärke konnte ich sowieso alles erkennen. Es könnte sich also niemand unbemerkt an mich heranschleichen. Es sei denn jemand lenkt mich ab, dann wäre es machbar. Dann wäre ich ungeschützt. Obwohl ich alles erkennen konnte, ging ich trotz dessen leise und bedacht bis ich bei einer Tür ankam. Sie führte in den einzigen Raum, der hier unten war. Als ich meine Hand auf die Türklinke legte und runterdrückte fühlte es sich wie ein Déjà-vu an. Denn was jetzt kommen wird hatte ich ja schon mal in meiner Vision erlebt, nur das ich jetzt vorbereitet war. Ich wusste was hinter der Tür liegen würde. Auch wenn ich nicht glauben will, dass es jetzt passieren würde. *„Es kann einfach noch nicht passieren. Es wäre zu früh. Es darf* *nicht passieren"* Die Hoffnung hatte mich fest umklammert und leitete meine Gedanken. Trotzdem hatte ich Angst, obwohl ich wusste was wahrscheinlich kommen wird. Doch ich musste da jetzt rein.

## Kapitel 15

Ich öffnete langsam die Tür und ging schnell in den Raum. Ich konnte nicht warten. Ich musste es mit eigenen Augen sehen. Als ich drinnen war blickte ich zuerst auf den Boden und blickte danach langsam nach oben doch der Raum war leer. Etwas verwirrt aber dennoch erleichtert musterte ich den Raum genauer aber es war niemand hier außer ich. Allerdings sah der Raum auch aus wie in meiner Vision und mich überkam ein mulmiges Gefühl, denn ich wusste es würde passieren. Vielleicht nicht heute oder morgen, vielleicht vergehen ja auch ganze Wochen oder Monate bis es geschehen wird aber es würde geschehen. Im Endeffekt war es auch egal wann, wo oder wie. Es zählte nur was passieren wird und ich war mir sicher, die Vision würde wahr werden. Trotzdem würde ich alles tun, um es zu verhindern, alles, um sie zu beschützen. Damit ich weiß, wenn es dazu kommt, dass ich alles in meiner Macht Stehende getan hatte, um Tia zu retten. Auch wenn sie am Ende sterben wird, es würde nicht meine Schuld sein. Ob ich das jemals verkraften oder mir eingestehen würde, ist eine andere Frage. Denn selbst jetzt laufen Freudentränen über meine Wangen, weil ich froh war, dass der Tag noch nicht gekommen war. Selbst jetzt zerbricht mein Herz, wenn ich nur daran denke, dass es wahrscheinlich dieses Ereignis sein wird, was alles zerstören wird.

Mich, meine Art, meinen Charakter, mein Leben. Denn wenn Sie sterben würde, würde ich mich verändern. Damit hatte Emilie recht aber ich würde niemals aufgeben. Immer noch stand ich da während ich mir Gedanken um alles machte und mein Kopf wieder zu Platzen drohte. Während ich noch tief in Gedanken versunken war, bekam ich nicht mit, wie jemand leise die Treppe herunterschlich und sich der offenen Tür näherte. Er blieb stehen und richtete ein Gewehr auf mich, das mit Betäubungspfeilen gefüllt war doch bevor er schoss, machten sich meine Sinne wieder frei. Ich hörte das kleine Knacken vom Einrasten der Munition und duckte mich blitzschnell nach unten. Er schoss genau in dem Moment und verfehlte mich knapp. Ich sprang wieder hoch und drehte mich im Kreis und wich somit auch den anderen Pfeilen aus bis er bei dem letzten ankam doch ich war nicht schnell genug. Er schoss und der Pfeil traf mich an der Schulter. Ich schrie kurz auf. Ich wollte wegrennen, irgendetwas sagen doch mein Körper gehorchte mir nicht mehr. Ich begann zu schwanken und meine Umgebung verblasste, während der Mann auf mich zukam. Ich verlor mein Gleichgewicht und fiel auf den Boden, wo mir dann nach ein paar Sekunden auch die Augen zufielen. Das letzte was ich hörte, bevor ich mein Bewusstsein verlor war ein siegesreiches Lachen. Auch wenn ich die Stimme wieder nicht zuordnen konnte, war ich mir sicher, dass sie nicht die gleiche wie in meiner Vision war. Ich kannte den Mann nicht.

# Kapitel 16

Als ich im nächsten Moment wieder zu mir kam, befand ich mich auf dem Stuhl. Festgebunden. Es war wie in der Vision, nur das dieses Mal ich auf dem Stuhl saß. Eine kleine Lampe schien mir ins Gesicht. Sie blendete stark und erhellte die Dunkelheit nur ein bisschen auf. Auch wenn es draußen noch nicht abends war, war es stockdunkel in diesem Raum. Schließlich war in diesem Raum auch kein Fenster und er lag im Keller. Angestrengt versuchte ich durch den Schein der Lampe etwas zu erkennen. Genervt drehte ich meinen Kopf schräg, um das Blenden zu verringern. Seit ich wach geworden war, wusste ich, ich war nicht allein. Jemand war hier. Ich spürte es. Panisch versuchte ich meine Hände von den Handschellen zu befreien doch es gelang mir nicht. Ich wollte schreien aber Klebeband versiegelte meinen Mund. Schnell bemerkte ich in welche Lage ich mich befand und versuchte mich zu entspannen. Panik war hier fehl am Platz. Ich musste mich konzentrieren. Die Lage, in der ich steckte machte dies aber nicht gerade leicht. Die Panik blieb. Langsam schaffte ich es aber doch mich ein bisschen zu entspannen und erkannte durch den Lichtschein der Lampe eine Person, die durch einen Umgang verdeckt war. Die Person kam zu mir und riss mir das Klebeband vom Mund. Ein Schrei verließ meinen Mund. „Sei ruhig", fuhr mich die Person an und ich blieb still. Er drehte die Lampe ein bisschen aus meinem Gesicht, damit ich ihn ansehen konnte. Langsam ging er mit seinen Händen zur Kapuze seines Umgangs und zog sie herunter. „Sirius!" Die Gefühle, die gerade in mir herrschten, konnte ich nicht beschreiben. Es war eine Mischung aus allem. Verwirrtheit, Panik, Angst, Verzweiflung. Doch ein Gefühl überstieg alle.

Es war Freude. Freude, dass ich ihn endlich gefunden hatte, dass ich ihn besiegen konnte, dass ich Rache üben konnte, weil er mein Leben ruiniert hatte. Auch wenn ich es anders geplant hatte, ich hatte ihn gefunden. Siegessicher lächelte ich vor mich hin. „Warum freust du dich? Hast du vergessen, wer grad vor dir steht?" Ich hatte ihn anscheinend verwirrt, denn er schaute mich skeptisch an. Er lief einige Male hin und her bis er wieder vor mir stehen blieb. Doch seine Verwirrtheit wich von seinem Gesicht und er wurde wieder ernst. „Vielleicht sollte ich dich wieder daran erinnern, warum sich alle vor mir fürchten." Ich sagte kein Wort aber in meinen Augen sah man die Angst. Er richtete seine Hand auf mich und ich sah wie kleine elektrische hellblaue Blitze bzw. Wellen aus seiner Hand kamen. Gleich in der nächsten Sekunde trafen sie auch schon auf meinen Brustkorb. Mein ganzer Körper schüttelte sich, wie bei einem Blitzeinschlag. Er lachte hämisch während mich ein schmerzhafter Schrei nach den anderen verließ. Die Strahlen durchfuhren meinen Körper und es füllte sich als würden sie mich innerlich zerreißen. Doch ich versuchte durchzuhalten. Ich durfte nicht nochmal ohnmächtig werden. Mit allmeiner Macht strengte ich mich an und versuchte die Schmerzen zu ignorieren. Ich schloss meine Augen und versuchte mich zu konzentrieren. Angestrengt hielt ich meinen Kopf in den Nacken während Schweißperlen mein Gesicht hinabflossen. Schwer atmend sprach ich den einzigen Zauberspruch aus, der mir in den Sinn kam: „Eliberaţi-mă de durere." Sofort verschwanden die grauenhaften Schmerzen und mein Körper verkrampfte sich nicht mehr. Verwundert ließ Sirius von mir ab. „Warum spürst du keine Schmerzen mehr?" Er versuchte es wieder und ich spürte wie die Strahlen wieder durch meinen Körper flossen. Es funktionierte jedoch nicht. Ich spürte keinen Schmerz mehr. Der Zauber, den ich gerade gesprochen hatte, hatte mich für ein paar Stunden schmerzlos gemacht. Erschöpft viel mein Kopf wieder in seine normale Stellung und ich funkelte ihn wütend an. Ich hatte keine Lust auf dieses drumherum reden, weshalb ich gleich zur Sache kam. „Tu nicht so. Du weißt von der Legende und davon, dass ich eine Hexe bin. Ich kenne alle möglichen Zauber. Es ist unmöglich mich zu besiegen. Ich werde dich töten, wie in der Legende vorhergesagt", sprach ich überzeugt. Kurz bevor ihn wieder ein Lachen entfloh, sah ich Panik in seinen Augen. Sekunden vergingen, wo er weiter über meine Worte lachte und sich sogar den Bauch hielt. „*Sollte mich das jetzt verunsichern, oder was?*" Skeptisch zog ich eine Augenbraue hoch und er hörte augenblicklich auf zu Lachen und wurde wieder ernst. „Ich denke nicht, dass ich mich vor dir fürchten sollte. Du kannst nicht mal Betäubungspfeilen ausweichen, du bist so schnell abgelenkt von irgendwas, dass es mir ein Leichtes ist dich zu besiegen. Dir fehlt Konzentration. Daran hättest du lieber üben sollen, anstatt an deiner Geschicklichkeit und deiner Genauigkeit und ja ich habe dich gesehen." Er machte eine kurze Pause, strich sich durch seine kurzen Haare und fing dann wieder an zu reden: „Ja. Ich kenne die Legende aber sie ist völliger Schwachsinn. Selbst wenn du dich voll verwandelt hast, wird es für mich immer noch ein Leichtes sein, dich zu besiegen." Ernst und sicher schaute er sich um. Ich hingegen war wütender geworden. „*Wie kann man nur so überzeugt von sich sein? Wie überheblich ist dieser Kerl eigentlich?*" Anscheinend war er sehr von sich selbst überzeugt. Ich hingegen war noch nie von mir überzeugt. Aber ich wollte seinen Worten keinen Glauben schenken. Sollte ich den Glauben an mich selbst verlieren, wäre alles verloren. Ich beschloss das Thema zu wechseln. Ich hatte keine Lust mich weiter von ihm runtermachen zu lassen. „Weißt du ich hatte mir dein Labor echt anders vorgestellt", begann ich mit dem Gespräch. *„ Vielleicht würde ich aus ihm rausbekommen, wo sein echtes Labor lag. "* „Das ist nicht mein Labor. Es ist...Tja wie könnte man es nennen? Sagen wir es ist eine Art Gefängnis. Hast du die weißen Türen gesehen? Sie führen in eine Art kleine Zelle, die sehr stark verriegelt ist. Dort sperre ich Wesen ein, die sich nicht mit den anderen im Labor vertragen oder die zu stark sind. Ich will ja nicht, dass sie mir mein Labor bei einem Fluchtversuch zerstören. Außerdem sind manche von ihnen sehr laut und die müssen dann auch hier hin. Hier ist es nicht so zentral. Hier können sie so viel schreien, wie sie wollen. Es würde sie nie jemand hören. Zusammenfassend hier kommen die schwer erziehbaren Monster rein. Aber keine Sorge, die bekommen alle genug Essen und Trinken. Es ist fast wie ein Urlaub hier für sie außer, dass sie sich hier jeden Tag tausenden schmerzhaften Untersuchungen und Operationen durchziehen müssen, bis ich sie nicht mehr gebrauchen kann. Für die Untersuchungen kommen sie dann ins Labor, das ist nicht weit von hier entfernt..." Ich unterbrach seine Rede und schaute ihn abstoßend an. „Du bist ekelhaft. Weißt du das? Du bist hier das Monster. Nicht Sie! Wie kannst du Ihnen all das antun?" Wut stieg in mir auf. Er schaute mich nur herablassend an und ignorierte meine Fragen. Gerade wollte er weiterreden als er stoppte und mich böse anfunkelte. „Ich muss zugeben, dass war ziemlich gut. Fast hätte ich es verraten." „Was meinst du?" Ich versuchte auf verwirrt zu tun aber er hatte mich schon längst durchschaut. „Denkst du wirklich ich bin so dumm und verrate dir das Versteck meines Labors." „Wer sagt, dass ich es wissen will?" Immer noch versuchte weiterhin so zu tun, als wüsste ich nicht was er meinte. „Willst du mich verarschen! Du willst es doch wissen, damit du meine Gefangen befreien kannst. Die Legende besagt, dass du Sie befreien wirst." „Ich dachte die Legende ist Schwachsinn?" „Ja das ist sie auch aber ich werde trotzdem kein Risiko eingehen. Und jetzt hör auf mich für dumm verkaufen zu wollen." Innerlich lachte ich mich kaputt, weil ich ihn zum Verzweifeln brachte aber äußerlich blieb ich ruhig. Genervt verdrehte ich die Augen und brachte nun raus: „Einen Versuch war's wert und jetzt sag mir, was du mit mir vorhast. Ich habe keine Lust weiter mit dir Smalltalk zu halten. Wir sind keine Freunde." Für einen Moment hielt er inne und schaute mir in die Augen. Trauer blitze in ihnen auf. Das was ich eben gesagt hatte ihn mehr verletzt, als ich dachte, denn er blieb für einige Minuten wie versteinert stehen. Ich nutze diese Gelegenheit und löste mit einem Zauber meine Handschellen. Gerade als ich sie gelöst hatte, kam er wieder zu sich. „Ich..." Anscheinend wusste er nicht, was er sagen sollte. „Ich weiß, dass wir keine Freunde sind..." Mit diesen Worten ging er aus dem Raum und schloss die Tür ab. Ich war jetzt allein und nur eine Frage stellte ich mir: *„ Was war das?"*

# Kapitel 17

Ich schüttelte meinen Kopf, um die gerade vergangene Situation zu vergessen. Noch einmal schaute ich mich um und versicherte mich darüber, dass ich auch wirklich allein war. Als ich mir sicher war, stand ich auf und streifte die offenen Handschellen von meinen Händen. Ich band das Seil um mich los. Mit meinem Fuß stieß ich den Stuhl nach hinten und ging an dem Tisch vorbei zur Tür. Auch wenn er sie abgeschlossen hatte, war es ein leichtes für mich sie zu öffnen. So sprach ich: „Deschide-te." Als nach ein paar Sekunden aber nichts geschah ging ich verwundert auf die Tür zu und drückte die Klinke runter. Verschlossen. Verwundert versuchte ich mehrmals sie aufzukriegen doch es war nicht möglich. Verzweifelnd versuchte ich noch andere Zaubersprüche aber keiner öffnete die Tür. „Warum funktioniert das nicht", schrie ich verzweifelt durch den Raum. Nervös lief ich im Kreis und versuchte einen Ausweg zu finden. *„Ich muss hier raus."* Ich blieb stehen und suchte den Raum nach irgendetwas hilfreichen ab, bis ich einen Lüftungsschacht entdeckte. Ich nahm den Stuhl und stellte ihn unter den Schacht. Vorsichtig stieg ich auf den Stuhl und entfernte die Abdeckung vom Schacht. Ich musste ein paar Mal niesen, weil mir Staub ins Gesicht flog. Genervt wischte ich den Staub von meinem Umgang und musterte den kleinen Schacht. *„Verdammt! Ich pass da nicht durch."* Frustriert seufzte ich auf und überlegte weiter. Nach ein paar Minuten fiel mir eine Idee ein, die vielleicht nicht viel bringen würde aber man könnte es probieren. Ich entschied mich dazu jemanden um Hilfe zu bitten. Anders würde ich hier nie rauskommen. Da ich aber an meinen Freunden im Moment sehr zweifelte und insbesondere auch keinen anderen

Menschen vertraute, beschloss ich stadtessen die Tiere um Hilfe zu bitten. Ich erinnerte mich gelesen zu haben, dass jede Hexe einen tierischen Begleiter hat, der ihr aus jeder Situation helfen kann. *„Achja natürlich gab es auch Männer, die zaubern konnten aber sie wurden bei uns als Zauberer und nicht als Hexer bezeichnet. Sie können auch keinen tierischen Begleiter bekommen aber dennoch haben einige die Gabe mit Tieren zu sprechen, wie z. B. mit Drachen. Das und dass sie meistens stärker sind als wir Hexen sind die einzigen Unterschiede zwischen uns. Aber zurück zum Thema."* Es gab vier Tiere, die zur Auswahl standen. Katzen, Krähen, Schlangen oder Raten. Eins von denen würde dein tierischer Begleiter werden. Meine Mutter hatte mir, als ich klein war immer erzählt, dass auch ich irgendwann meinen tierischen Begleiter finden werde. Was für ein Tier es sein wird, ist schon von Geburt an bestimmt worden. Man sagt, es kommt das Tier, was dir von deiner Art am ähnlichsten ist. Eine Katze würde zu einer eher zurückgezogenen, netten, liebenswürdigen Hexe passen, eine Krähe hingegen passt zu einer eher hinterhältigen, schadensfrohen, intelligenten, gemeinen, frechen aber auch loyalen Hexe, eine Schlange passt zu einer trickreichen, weisen, verführenden, gnadenlosen, geheimnisvollen, loyalen aber auch rachelustigen Hexe und eine Ratte passt zu einer Hexe mit Verstand, schneller Anpassungsfähigkeit und manchmal auch widerlichen Hexe. Sobald man den tierischen Begleiter von der Hexe sieht, weiß man also im Grunde genommen, wie die Person wirklich ist. Meine Mutter hatte mir auch erzählt, dass man sich seinen tierischen Begleiter nicht aussuchen kann und ihn auch nicht finden kann. Er wird dich von selbst aufsuchen. Meistens kommen Sie nur dann, wenn du in Gefahr bist. Sobald Sie dich aber gefunden haben, bleiben Sie immer in deiner Nähe. Zwischen dir und deinem Begleiter ist zudem eine Art magische Verbindung, durch die es ihm sowie dir möglich ist, die Schmerzen und die Gefühle des anderen zu spüren. Desweitern sagt man, sobald der Besitzer des tierischen Begleiters stirbt, wird er auch sterben aber sollte der tierische Begleiter sterben, würde der Besitzer am Leben bleiben. Daran sieht man auch, dass man eine große Verantwortung hat, sobald man einen tierischen Begleiter hat. Er würde für dich sein Leben opfern aber niemals zulassen, dass du dein Leben für ihn opferst, denn dann würdet ihr beide sterben. Da ich meinen Begleiter aber nicht selbst finden konnte, habe ich es auch nie versucht. Meine Mum hat mir aber auch erzählt, dass man seinen Begleiter rufen könnte und egal, wie weit man von ihm entfernt ist, er würde einen hören. Dafür sorgt die magische Verbindung auch. Ich wusste, dass man von Geburt an die Sprache des Tieres sprechen konnte und das würde bedeuten, dass ich meinen Begleiter verstehen und Hören kann und er mich auch aber andere Personen nur eine fremde Sprache verstehen. Ich spreche für sie sozusagen auf einer anderen Sprache ohne, dass ich es mitkriege. Ich überlegte mir also gut, was ich sagen sollte und schloss meine Augen. „Mir wurde gesagt, du kommst erst, wenn Gefahr herrscht. Darum möchte ich dich bitten, zu erscheinen. Ich brauche deine Hilfe. Ich werde gefangen gehalten in einem alten Lagerhaus außerhalb der Stadt in Rumänien. Du kannst durch einen Lüftungsschacht zu mir gelangen. Bitte beeil dich!" Nachdem ich meine Bitte formuliert hatte, öffnete ich meine Augen und schaute hoffnungsvoll in den dunklen Schacht. *„Hoffentlich würde* *er rechtzeitig kommen.* " Danach ging ich vom Stuhl und stellte ihn wieder an Ort und Stelle. *„Jetzt heißt es abwarten.* "

# Kapitel 18

Ich weiß nicht wie viel Zeit vergangen war aber ich wachte durch ein lautes Zischen auf. Zuerst war ich verwundert aber fasste mich jedoch schnell wieder. *„Anscheinend mussten mir gerade eben einfach die Augen zugefallen sein.* " Ich sah mich im dunklen Raum um aber es war niemand hier. Skeptisch blickte ich auf den immer noch offenen Luftschacht. „Hatte ich nicht gerade eben was gehört? Ach, wahrscheinlich habe ich mir das nur eingebildet. Ich sollte den Schacht besser schließen, bevor Sirius zurückkommt." Ich stand also auf und ging mit meinem Stuhl zum Schacht und schloss ihn. Gerade als ich vom Stuhl wieder runtergehen wollte, hörte ich das umdrehen eines Schlüssels im Türschloss. Schnell stieg ich nun vom Stuhl und stellte ihn wieder an Ort und Stelle. Ich setze mich ebenfalls wieder zurück in meine alte Position. Um ihn zu überlisten brauchte ich ein Überraschungsmoment, weswegen ich erstmal so tun würde, als hätte ich mich noch nicht befreit. Gespannt wartete ich bis er die Tür öffnete. Genervt und aufgebracht betrat er den Raum. Ich fing gleich an zu sprechen: „Was war das eben?" Ernst sah er mich an und ignorierte meine Frage. Seine Augen waren sehr rot und angeschwollen, so als hätte er geweint aber es ließ mich kalt. *„ Wenn er darauf wartet, dass ich Mitleid empfinde, kann er lange warten.* " Sirius: „Wieso bist du noch hier? Du hättest schon längst fliehen können. Sowie du es schon immer getan hast!" Während er das sagte, schaute er mich nicht an, sondern blickte in die Leere. Ein Hauch von Trauer schwebte in seiner Stimme. „Ich werde nicht fliehen." Abfällig musterte ich ihn und stand dann auf. Abrupt drehte er sich um und schaute mich wissend und ernst an. „Ich wusste du würdest versuchen zu fliehen, sowie all die anderen Male. Du warst und bist immer noch ein Feigling. Dieses Mal war ich dir aber einen Schritt voraus. Weißt du ich habe mit Hilfe eines Zauberers eine unsichtbare verzauberte Wand um die Wände des Raums gebaut. Er versicherte mir kein Zauber der Welt könnte Sie durchdringen. Um also deine offenstehende Frage zu beantworten! Deswegen konntest du die Tür mit einem Zauber nicht öffnen. An der Wand prallt jeder Zauber ab." Siegessicher lächelte er vor sich hin doch ich sah auch die Trauer in seinen Augen, die er zu verstecken versuchte. *„Ich hatte durch die Andeutung, dass wir keine Freunde sind, anscheinend alte Erinnerungen in ihm hervorgerufen. Erinnerungen an Zeiten von seiner Vergangenheit, an Zeiten wo er einsam war und allein. Vielleicht hat er so traurig darauf reagiert, weil er sich in Wahrheit Freunde wünschte. Doch alle stehen nur aus Angst hinter ihm. Er hat niemanden. Trotzdem gerechtfertigt das nicht seine Taten..."* Rania: „Unglaublich, dass es noch Leute gibt, die auf deiner Seite sind. Du bist ein Monster." Trotzig lief ich näher in seine Richtung doch er drehte mir wieder den Rücken zu. „Gut so. Lenk ihn nur weiter ab. Shzzzzz." Verwundert blickte ich mich um und sah eine schwarze Schlange auf den Boden herumschlängeln. Es war eine Kreuzotter, die etwa einen Meter lang war. Zusätzlich hatte sie dunkle, rote Augen. Ich weiß viele finden Schlangen eklig und haben Angst vor ihnen aber ich fand diese Tiere schon immer wunderschön und faszinierend. Ich reagierte nicht panisch oder ängstlich. Ich hatte sowieso auch geahnt, dass es eine Schlange sein würde. Sie ähnelte mir am meisten. *„Hätte mich auch gewundert, wenn es ein anderes Tier gewesen wäre."* Erleichternd nickte ich ihr zu und versuchte das Gespräch am Laufen zu halten. Natürlich aber hatte Sirius das Zischen der Schlange auch gehört. Verwundert drehte er sich um und sah sich um doch die Schlange war schnell genug verschwunden. Er sah sie nicht und selbst wenn sie in seiner Nähe war, konnte er sie gar nicht sehen. Wie gesagt, war es stockdunkel in diesem Raum. Außer die kleine Lampe war kein Licht vorhanden. Sirius hatte nicht so gute Sinne wie ich, dass er alles im Dunkeln erkennen konnte. Besonders nicht eine schwarze Schlange in einem dunklen Raum. Klar war ich auch dunkel gekleidet aber der einzige Grund warum er mich in der Dunkelheit erkennen konnte, waren wahrscheinlich meine immer noch stechend roten Augen. Sie verrieten mich immer aber auch das würde sich bald ändern. Sirius ging, nachdem er den Raum gemusterte hatte durch die Tür und betätigte draußen einen Lichtschalter. Langsam ging eine große Deckenlampe an, die eher schwach den Raum erleuchtete aber sie funktionierte. Hektisch sah ich mich im Raum um doch auch jetzt sah keiner von uns die Schlange. *„Sie ist echt schnell"*, dachte ich mir während ich weiter den Raum mit meinen Augen absuchte. Sirius: „Was war das eben?" Rania: „Ich weiß nicht, was du meinst." Wieder stellte ich mich absichtlich dumm und schaute unauffällig durch die Gegend. Sirius: „Ich dachte, ich hätte was gehört!" Verwirrt schüttelte er seinen Kopf. „Ist jetzt auch egal. Fakt ist, du wirst hier nie rauskommen ohne fremde Hilfe und niemand von deinen Freunden wird dir helfen.

Sie sind zu feige und sowieso nicht auf deiner Seite." *„Ja genau denk nur weiter es sei egal. Moment mal? Was?"* Auch wenn ich seinen Worten keinen Glauben schenken wollte, standen die Zweifel mir wieder im Weg. *„Was ist, wenn er recht hatte?"* Trotz meiner nun entstanden Unsicherheit log ich ihn an und versicherte ihm, dass ich ihnen vollsten vertraute. „Emilie und Jack würden nie von meiner Seite weichen oder mich hintergehen." „Bist du dir da ganz sicher? Du weißt, ich bin sehr überzeugend, wenn es ums verhandeln geht. Was wäre, wenn ich ihnen etwas anbieten würde, was sie schon immer wollten oder eher bräuchten?" Skeptisch blickte ich ihn an. *„Sie würden sich doch niemals bestechen lassen...oder doch? Nein, das ist Unsinn."* Ich schüttelte einmal meinen Kopf, um diese Zweifel loszuwerden. *„Ich musste aufhören an Ihnen zu zweifeln."* Trotz dessen Interessierte es mich was allgemein Menschen dazu bringen konnte, einem Monster wie ihm zu dienen. „Und das wäre?" „Macht, Kräfte, Berühmtheit oder vielleicht auch ewige Gesundheit und ein besseres Leben. Stell dir das doch mal vor, wer würde denn nicht zusammen mit mir die Welt regieren wollen, bei so einem Angebot. Das ist doch ein Traum", schwärmte er vor sich hin. Trotzig antwortete ich mit verschränkten Armen: „Eher ein Alptraum würde ich sagen." Verärgert sah er mich an. Langsam kam er auf mich zu bis er direkt vor mir stand. Er hob seine Hand und glitt mit ihr langsam durch meine langen schwarzen Haare. „Gib es zu...Es ist doch auch dein Traum", sprach er leise und musterte meine Reaktion. Angewidert schlug ich seine Hand weg und starrte ihn perplex an. „Um nichts auf der Welt würde ich dir dienen wollen und die anderen Menschen würden es auch nicht mehr tun, wenn du ihnen nicht mehr das Anbieten kannst, was sie von dir wollen und glaub mir, ich werde dafür sorgen, dass du das verlierst, was du brauchst damit sie bei dir bleiben. Deine Macht, deine Berühmtheit, dein Geld, deine Kräfte....dein Leben und dann bist du wieder allein und hast gar nichts mehr. So wie früher...Das versichere ich dir und jetzt wird es Zeit dich außer Gefecht zu setzten. Ich überlass das dir mein neuer Gefährte." Verwundert sah er mich an doch bevor er auch nur was sagen konnte, erblickte er die Schlange, die nun unter dem Tisch hervorkroch. Ich wusste sie war noch hier. „Mit Vergnügen." Sie folgte meinem Befehl. Als sie sich schneller auf Sirius zu begab, gab er einen unmännlichen Schrei von sich. Schnell entfernte er sich ein Stück von ihr und holte mit seiner Hand aus. „Nein!", schrie ich panisch doch es war zu spät. Er hatte sie mit einen seiner Blitze getroffen. Ein schmerzhafter Schrei verließ nun meine Kehle und ein stechender Schmerz bereitete sich in meinem Herzen aus. Ich verzog mein Gesicht und presste meine Hand gegen meinen Brustkorb, weil mir das Atmen schwer viel. Ich stürzte mich auf dem Tisch ab und kniff schmerzhaft meine Augen zusammen. Aus dem Augenwinkel sah ich jedoch noch, wie sich die Schlange nach dem Blitzeinschlag schnell wieder verkrümelte. Sie hatte ihn überlebt aber die Schmerzen in meinem Brustkorb sagten mir, dass es sehr knapp war. Unglaubliche Wut breitete sich in mir aus, während Sirius nur wieder anfing gehässig zu lachen, nachdem er sich beruhigt hatte. „Glaubst du wirklich eine kleine erbärmliche Schlange kann mich besiegen. Sie ist übrigens ein sehr toller Beschützer." Ich brannte schon fast vor Wut. *„Dafür wird er büßen!"* Schon fast automatisch öffnete sich meine Hand und ein weißer Lichtschein trat daraus hervor. Bevor Sirius bemerken konnte, was los war, drehte ich mich in seine Richtung und richtete meine Hand auf seinen Brustkorb. „Fă ce se întâmplă când cineva câştigă karma." In Lichtgeschwindigkeit traf ein weißer Lichtstrahl auf seine Brust und ein Schrei verließ seine Kehle. Nach ein paar Minuten ließ ich von ihm ab und trat näher an ihn ran. Kraftlos viel er auf den Boden und fing an zu Husten. Es sah so aus, als ob an der Luft ersticken würde und genau das sollte der Zauber auch bewirken. Meine Schmerzen hatten mittlerweile nachgelassen. Ich packte ihn am Kragen, zog ihn hoch und drückte ihn an die Wand. Dann holte ich die Pistole aus einen meiner Geheimfächer und hielt sie ihm an die Schläfe, während mein anderer Arm unter seinem Kinn gegen seinen Hals drückte. Böse funkelte ich ihn an, während er nur weiter nach Luft rang. Rania: „Es ist vorbei Sirius!" Grade wollte ich abdrücken als er etwas sagte, was mich meine Aktion hinterfragen ließ. „Wenn du mich *hust* erschießt, *hust* wirst du sie nie wiedersehen. Nur ich weiß, *hust* wo sie ist."

# Kapitel 19

Zögernd ließ ich die Pistole nach unten sinken, ließ meinen Arm aber weiter gegen seinen Hals gedrückt. Schon nach paar Sekunden, wusste ich von wem er sprach. *„Es gab nur einen Menschen, für den ich vorerst sein Leben verschonen würde…Tia!"* In dem Moment war es mir egal, dass es eigentlich nicht möglich war, dass er Tia gefangen genommen hat, dass sie eigentlich in Sicherheit bei Jack war. „Wo ist sie", fuhr ich ihn wütend an. „In meinem Labor…*hust*…Keine     Sorge,     *hust*…ihr     geht     es gut...*hust*...noch...", teilte er mir mit. „Noch?" „Geh mit mir...*hust*...und ihr wird nichts passieren!" Bedrohlich schaute ich ihn an doch es gab keinen anderen Ausweg. Ich wusste, dass er nicht log. Ich beschloss den Zauber von ihm zu nehmen, der ihn ersticken lassen sollte auch wenn er fast sein Werk vollendet hatte. So nahm ich nun meinen Arm von seinem Hals weg und sprach: „Suficient." Augenblicklich hörte er auf zu Husten und holte tief Luft. Nachdem er noch ein paar Mal tief Luft holte und sich erholt hatte, richtete er wieder seinen Umhang. Die Angst war immer noch in seinen Augen zu erkennen doch er blieb siegessicher. Er hatte bekommen, was er wollte. Wonach er die ganze Zeit auf der Suche war. Mich. „Wenn wir dort sind, wirst du sie freilassen. Sonst platzt unser Deal." Siegessicher lächelte er vor sich hin. „Natürlich. Ich setz doch nicht nochmal mein Leben aufs Spiel. Außerdem hat sie ja keine magischen Kräfte sowie du. Sie ist für mich nutzlos. Sie war nur ein Mittel zum Zweck. Und verraten wird sie sowieso niemanden was. Wer würde ihr diese Story denn glauben." Schadenfroh lachte er und unglaubliche Wut baute sich in mir auf. Ohne vorher drüber nachzudenken, fuhren sich meine schwarzen Fingernägel an meiner Hand ein bisschen weiter aus, sodass sie spitz wie ein Messer wurden. Einen kampfhaften Schrei ließ ich raus und holte mit meiner Hand aus. Ich schlug ihn ins Gesicht und schnitt mit meinen spitzen Fingernägeln die Haut in seinem Gesicht auf. Er schrie auf und hielt sich die Hand vors Gesicht. Vorsichtig nahm er die Hand nach ein paar Sekunden wieder weg und blickte auf das Blut, dass auf seiner Hand verteilt war. Er schaute mich an und ich blickte ihn nur eingebildet an. Er verzog sein Gesicht zu einem wütenden Gesichtsausdruck und ich ging ein paar Schritte zurück, weil ich einen Schlag erwartete. Anders als gedacht, schlug er aber nicht zu. Schnell fasste er sich wieder und wurde überraschend ernst. „Schätze das habe ich verdient." Aber ich blieb gelassen und beachtete seine Worte nicht, denn wenn er gleich mitkriegt, was ich eigentlich wirklich gemacht hatte, wird er nicht mehr so verständnisvoll sein. Schmerzvoll zischte er wieder auf, als er merkte das seine Wunden anfingen zu brennen. Ich hatte ihn drei lange Fleischwunden, die quer über seine Wange gingen, verpasst. Schmerzvoll hielt er sich nun die Wange und kniff seine Augen zusammen. „Was hast du getan...Ahhhhhhh." Lächelnd zauberte ich einen Spiegel herbei und er riss ihn mir aus der Hand. Geschockt musterte er sein Gesicht. Die Wunden waren inzwischen dick angeschwollen und schmerzten bei jeder kleinsten Regung. Er fühlte vorsichtig über die Verletzung und zischte dann wieder auf. Auffordernd sah er mich. Als Erklärung für das ganze hielt ich ihm einfach nur meine spitzen Fingernägel vors Gesicht. An den Spitzen war immer noch sein Blut, dass sich mit dem grünen Gift, das immer noch aus meinen Fingernägeln trat, vermischte. Geschockt sah er von mir zu meinen Fingernägeln hin und her. Wütend holte er jetzt doch zum Schlag aus und verpasste mir eine Backpfeife. Ich schrie kurz auf und ignorierte den dann aufkommenden Schmerz. „Wir hatten einen Deal. Du tötest mich nicht und sie kommt frei", sagte er ernst. „Und ich habe ihn nicht gebrochen. Du lebst ja...noch", flüsterte ich ihm hinterlistig zu. Er schnaubte nur und sagte: „Dafür wirst du noch bezahlen. Ich sag es dir und jetzt komm wir müssen los." Wütend ging er seine Wange haltend aus dem immer noch offenen Raum und schien auch nicht auf mich zu warten. Ich musste, bevor ich ihm nachging, aber noch was erledigen. Kurz musterte ich den Raum und sprach dann in die Dunkelheit: „Es tut mir leid. Ich hätte dich nie solch einer Gefahr aussetzten dürfen. Verzeih mir." Als sie nach einer Weile nicht kam und auch nicht antwortete, ging ich mit gesenktem Kopf zur Tür. Gerade wollte ich rausgehen, als ich ein Zischen wahrnahm. Blitzschnell drehte ich mich und sah wie sie auf mich zukam. Kurz vor mir hielt sie an und stellte sich auf, um mir besser in die Augen sehen zu können. Sie legte ihren Kopf schief und ich musste lächeln. Es sah einfach so süß aus. Ein paar Sekunden verstrichen und ich verstand was sie wollte. Langsam ging ich auf Sie zu und streichelte ihr zögerlich den Kopf. Die schuppige Haut war glatt und geschmeidig. Es fühlte sich zwar ein bisschen komisch an aber ich hatte mich schnell an dieses Gefühl gewöhnt. Genüsslich schloss sie bei meiner Berührung die Augen und schmiegte sich an meine Hand. Nach einer Weile ließ ich von ihr ab und sie sprach: „Ich würde nie sauer auf dich sein. Jetzt nimm mich mit…ich bleibe garantiert nicht hier unten." Ich lächelte sie glücklich an und nickte. Dann nahm ich sie hoch und legte sie, wie einen Schal um meinen Hals. Mit war es egal, was Sirius davon halten würde, wenn sie mitkommen würde. Allein würde ich nicht gehen. Sie schmiegte sich um meinen Hals und schloss ihre Augen. Ich richtete nochmal meinen Umgang und ging dann Sirius hinterher.

# Kapitel 20

Als ich die Treppen aus dem Keller wieder hoch ging, breitete sich ein ungewöhnliches Gefühl in meiner Magengegend aus. Ich wusste es wahr keine gute Idee, ihm zu folgen aber ich hatte ja keine andere Wahl. Ich musste es für Tia tun. *„Aber war ihr Leben wichtiger als die Welt zu retten...war's wichtiger sie zu retten oder die Welt. Ich meine, ich bin in dieser Legende eine Heldin, die die Welt retten wird...Was ist, wenn ich sie verlieren muss, um die Welt zu retten...Was ist, wenn es keine andere Möglichkeit gibt? Was ist, wenn ich ihren Tod nicht verhindern kann? Es war schließlich alles so geplant! Vielleicht ist es ihr Schicksal und seinem Schicksal entkommt man nicht...am Ende wäre es ein Wettlauf gegen die Zeit, ein Kampf gegen Gott und denn kann man nicht gewinnen. Vielleicht wäre es am Ende alles sinnlos und die Welt würde untergehen nur weil ich ein Leben retten wollte, dass nie dazu bestimmt ist weiterleben. Vielleicht müsste ich mich entscheiden...entweder ihr Leben oder die Welt."* Auch wenn es innerlich in meinen Herzen einen stechenden Schmerz verursachte, wusste ich für was ich mich entscheiden würde. Auch wenn es mich zerstören würde, gäbe es keine andere Wahl und die gibt es nicht, dann würde ich mich für die Welt entscheiden. Sie ist wichtiger. Hier geht es nicht um mich und ehrlich gesagt, wusste ich es schon seit ich diese Reise angetreten hatte. Es muss immer ein Opfer gebracht werden. Nachdem diese Gedanken sich in meinem Kopf festgesetzt hatten, seufzte ich traurig auf und fuhr mir durch die Haare. Durch das viele Nachdenken und abdriften in meine Gedanken hatte ich gar nicht bemerkt, dass ich schon fast automatisch nach draußen gelangt bin. Kurz schüttelte ich meinen Kopf, um wieder anzukommen, in der realen Welt. Suchend schaute ich mich um und entdeckte einen schwarzen Van. Sirius lehnte lässig am Van und rauchte eine Zigarette während er mich zu sich rüber winkte. Nachdem ich ein letztes Mal zurück zur Lagerhalle blickte und leise flüsterte: „Keine Sorge ihr armen Geschöpfe. Ich werde wiederkommen", folgte ich augenrollend seinem Befehl und blieb einige Meter weiter vor ihm stehen. Natürlich war mir klar, dass sie mich nicht hören konnten aber ich musste das für mein Gewissen tun. Skeptisch musterte er nun mich und sah die Schlange bedrohlich an. Sie hingegen zischte ihn nur frech an und legte sich wieder um meinen Hals. „Sie bleibt hier! Sonst kannst du dich von Tia verabschieden!", befahl er streng und blies mir dabei seinen Rauch ins Gesicht. Hustend fuchtelte ich den Rauch weg von meinem Gesicht. Nachdem der Rauch nicht mehr meine Geruchsnerven belästigte, trat ich ihm gegen sein Schienbein. Schmerzvoll schrie er auf und zog sein Bein nach oben. Leicht böse funkelte ich ihn an, während ihm seine Zigarette runterviel. „Entweder sie kommt mit oder du kannst dich von mir verabschieden! Du wirst Tia eh nicht töten. Schließlich ist sie dein einziges Druckmittel gegen mich." Beleidigt und wütend richtet er sich wieder normal auf und trat seine Zigarette auf dem Boden aus. Er beachtete meine Worte nicht, was ich als Zustimmung auffasste. Gleich darauf stieg er in den Van und zwei große breitgebaute Sicherheitsmänner von ihm traten aus den Hintertüren heraus. Sie näherten sich mir und packten mich an den Armen. Grob zogen sie mich hinter sich her in den Innenraum des Vans. Genervt versuchte ich mich aus ihren Griffen zu befreien aber es gelang mir nicht. „Lasst mich los. Ich kann auch allein gegen...Er", meckerte ich sie an aber sie ließen nicht locker und schmissen mich schon quasi auf die Sitzbank, die im Innenraum des Vans war. Nachdem sie mir noch Handschellen ummachten, ließen sie dann auch von mir ab. Genervt versuchte ich sie abzukriegen während mir noch Klebeband auf den Mund geklebt wurde. Eigentlich wollten Sie auch noch die Schlange von mir nehmen aber keiner von beiden traute sich. Sie würde nämlich ganz sicher nicht stillhalten, weswegen sie nach einem bedrohlichen Blick meinerseits ihre vorzunehmende Handlung unterließen. Nach ein paar nichts lautenden Beschwerden meinerseits ließ ich es dann auch bleiben und rührte mich nicht. Ausgiebig musterte ich die beiden Männer und stellte fest, dass einer von ihnen der Mann war, der mich mit den Betäubungspfeilen getroffen hatte. Beide trugen Sonnenbrillen und schwarze Uniformen. Trotz der Sonnenbrillen konnte ich durch meine guten Sinne ihre Augen sehen und ihnen spiegelte sich trotz ihres starken und männlichen Auftretens die Angst. Die Angst vor mir, denn sie wussten ich würde sie besiegen können. Alle hier. *„Wäre da nicht das Druckmittel. Sobald Tia in Sicherheit ist, wird er sterben. Dann fahre ich mit meinem eigentlichen Ziel fort."* Nachdem ich den Van und die Männer eingehend gemusterte hatte, hielt ich meinen Blick gesenkt. Nach kurzem Schweigen fuhr Sirius auch schon los zum Labor. *„Was würde mich da wohl erwarten?"*

# Kapitel 21

Die Fahrt verging schweigend. Ich konnte wegen dem Klebeband sowieso keinen Laut von mir geben und meine weiteren Mitgefährten schwiegen. Hin und wieder kam es mal vor, dass meine Schlange, für die ich mir immer noch keinen Namen überlegt hatte, sich anders hinlegte oder Sirius hin und wieder zum Lied im Radio mitsummte. Ich versuchte abzuschätzen, wie lange die Fahrt wohl dauerte als wir ankamen, damit ich wenigstens wusste in welcher Entfernung das Labor lag. Schließlich musste ich dort wieder weg finden und mein Handy würde mir sicherlich noch abgenommen werden. Als Sirius den Wagen stoppte und sich die Hintertüren öffneten, schätze ich die Fahrt auf mindestens eine halbe Stunde. Die großen breiten Sicherheitsmänner packten mich an den Armen und zerrten mich aus dem Van. Als wir aus dem Van traten, erblickte ich ein großes modernes Labor. Es war ganz in weiß gehalten und hatte große durchsehbare Fenster an manchen Stellen. Es war von außen modern und sehr sicherheitsaufwendig gestaltet. Das Labor war umschlossen von einem großen Zaun, der wahrscheinlich unter Strom gesetzt war. Die großen durchsichtbaren Fenster waren mit Gittern von innen versiegelt. Auf dem kleinen Rasenabschnitt zwischen dem Labor und dem Zaun befand sich eine Alarmanlange, die ausgelöst werden würde, wenn jemand den Rasen betrat. Kleine rote Lichtstrahlen müssen dich dann nur noch erfassen und schon ist es aus. Du könntest zwar dann noch fliehen aber die Hunde die ein paar Meter weiter in ihren Hundehäuschen aus Stahl schliefen, würden dich sicherlich schnell einholen. Achja Hunde waren natürlich auch dort. Es waren große schwarzweiße Pitbulls, die wahrscheinlich darauf trainiert wurden, einen Entflohenen sofort zu töten. Zudem trugen sie Ortungshalsbänder und die Gefangenen wahrscheinlich auch. Es würde dir daher sowieso nichts bringen zu fliehen, wenn du dieses dann noch trägst. Sie würden dich schließlich überall finden. Das Labor hatte des Weiteren eine große Tür, die ins Innere des noch Unbekannten führte. Sie war gesichert mit einen Augenscangerät, einem Stimmungserkenner und einer Gesichtserkennung. Im Allgemeinen könnte man dieses Labor also als Hochsicherheitslabor bezeichnen. Erstaunend musterte ich weiter das Labor und musste feststellen, dass es hieraus wohl kein Einkommen gibt. Jedenfalls nicht ohne vorher alle Schwierigkeiten auszuschalten. *„ War ich wirklich die richtige dafür? Klar ich habe viel geübt und trainiert aber ich habe immer noch nicht meine vollständigen Kräfte. Kann ich ohne sie überhaupt das alles allein bewältigen? Kann ich allein diese vielen Wesen vor ihrem grausamen Schicksal retten? Es steht zwar so in der Legende geschrieben, dass ich dazu bestimmt bin aber das heißt nicht, dass es mir auch gelingen würde. "* An mir selbst zweifelnd ließ ich nun meinen Kopf sinken und eine Träne verließ meine Augen. Leider hatten das die nennen wir sie mal "Gorillas" mitbekommen und ihr Druck auf meinen Armen wurde stärker, was einen drückenden Schmerz verursachte. Ein kleiner Aufschrei verließ meinen Mund, als sie noch mehr zudrückten. Sirius war vorgelaufen und wir standen mittlerweile schon vor der Tür. Die Hunde beachten uns gar nicht. Sirius ging näher an die Tür und schaute mit seinen Augen in einen Sensor, der sie erfasste. Danach sprach er noch in eine Sprechanlange und sein Gesicht wurde gescannt. Als die Geräte alles erfasst hatten und als korrekt bestätigten, ertönte eine Stimme die Sirius Person bestätigte. Die Tür öffnete sich danach automatisch und Sirius ging, ohne sich umzudrehen hinein, während die beiden "Gorillas" mich weiter grob hinter sich herzogen. Als wir das Labor betraten, schloss sich die Tür wieder automatisch und ein kleines grünes Licht blinkte oben an der Decke. Kurz danach hörte man Schreie und lautes Poltern. *„ Sie wussten durch das grüne Licht anscheinend immer wann er kommt. Das würde mir bestimmt mal nützlich sein. "* Das Labor sah von innen schon viel mehr aus, wie ein Gefängnis. Jemand der es nur von außen sehen würde, würde wahrscheinlich niemals darauf kommen, dass hier Menschen gequält werden oder wie Sirius sie nennen würde "Monster". Durch diesen Gedankengang wurde ich wieder wütender, was mich den Schmerz ausblenden ließ. Wütend musterte ich weiter das Labor, während wir auf eine Zelle zusteuerten. Das Labor sah von innen eigentlich genauso aus, wie das alte Lagerhaus. Es hatte auch um die Innenwände herum eine Brücke aus Metall. An den Wänden waren auch ebenfalls Zellen aber diese waren nur mit Gitterstäben als Tür versehen und unten im Erdgeschoss befanden sich auch an den Wänden Zellen. Alle Zellen sahen gleich aus und waren im gleichen Abstand voneinander entfernt. Ungefähr eine normale Türbreite lag zwischen den Zellen und Innendrin war nur ein unbequemes ranziges Bett, ein Waschbecken, eine Toilette, ein Fenster mit Gitterstäben und ein kleines Regal, worauf viele ihre persönlichen Gegenstände, die sie noch besaßen platziert hatten. Jede Zelle war mit einer Alarmanlage gesichert. Neugierig linste ich in die anderen Zellen, während wir weiterliefen. Es waren bestimmt über fünfzig Zellen allein in dem Erdgeschoss und in der ersten Etage vorhanden. Des Weiteren war ich mir sicher, dass es noch einen Keller oder ein Nebengebäude gab, wo die Untersuchungen und Experimente stattfanden. Obwohl es hier schon sorgfältig gesichert war, konnte man aber sicher einen Weg finden. Es gab immer einen Weg. Die meisten der Zellen waren besetzt. Es gab nur noch wenige freie. Als ich in manche Zellen sah, sah ich aber keine "Monster" wie Sirius sie nannte. Ich sah Menschen, die ein Hauch besonders waren. Menschen mit heller Haut und ausgehungerten Körpern, Menschen mit unglaublicher Wut und spitzen Zähnen und Menschen mit besonderen Fähigkeiten, wie das Zaubern oder die Beherrschung von Elementen. Unterm Strich gesagt, sah ich Vampire, Werwölfe, Luftelfen, Wetterelfen, Feuerelfen sowie andere Elfenarten und auch Zauberer und Hexen. Für manche wäre es sicherlich unmöglich zu wissen, wer jetzt eine Luftelfe und wer jetzt eine Hexe oder ein Vampir war aber ich hatte viel über sie gelesen und war viel unterwegs. Ich habe viele Wesen kennengelernt und ihre Merkmale studiert. Ob in der Praxis von Emilie, wo jeden Tag andere Wesen reinkamen oder während meiner ganzen Umzüge in verschiedene Länder, ich hatte schon alles gesehen. Doch ich sah nichts Schreckliches in keinem dieser Wesen, in keinem dieser Menschen. Ich sah nur etwas Besonderes in ihnen und vielleicht trieb genau Das Sirius an. Er wollte genauso sein wie sie. Etwas Besonders halt. Das ist der einzige Grund für sein grauenhaftes Verhalten und doch ist es auch nicht durch diesen Grund zu rechtfertigen. Außerdem sah ich noch etwas anderes als ich manche Wesen erblickte und sich mein Blick mit ihrem verhakte. Ich sah Angst, Leid, Schmerz, Mitleid, Wut aber eins hatten alle in ihrem Blick gemeinsam. In all ihren Augen blitze ein Schimmer von Hoffnungslosigkeit auf, denn sie glaubten nicht mehr daran lebend hier raus zu kommen, sie hat ihren Glauben verloren und aufgegeben. Ich glaubte sogar selbst, wenn sie wüssten, dass ich das Mädchen aus der Legende bin, würden sie nicht mehr an die Flucht glauben. So versetzen mir manche Blicke einen Stich ich ins Herz und meine Wut stieg. Aufgebraucht versuchte ich mich nun weiter aus den Griffen der "Gorillas" zu zwängen, bis mir einfiel das ich ja noch eine Geheimwaffe hatte.

Schließlich kann ich mit meinen roten Augen immer noch in ihren Kopf eindringen und sie so zwingen mir zu gehorchen. Doch bevor ich mir einen Plan ausdenken konnte, damit sie mich ansehen, war es schon zu spät und ich wurde von ihnen in eine Zelle geschmissen.

# Kapitel 22

Kurz schrie ich auf, weil ich unsanft auf den Boden geworfen wurde. Schmerzhaft verzog ich mein Gesicht und versuchte aufzustehen, was mit Handschellen sich als äußerst schwierig darstelle. Genervt verdrehte Sirus seine Augen und half mir beim Aufstehen. Danach löste er meine Handschellen und das Klebeband. Kurz danach legte er mir ein Ortungsarmband um mein Handgelenk und stellte es ein. Als er es fertig eingestellt hatte, schloss es sich automatisch und kleine Hacken am unteren Ende bohrten sich in meine Haut und verhakten sich mit ihr. Schmerzhaft schrie ich auf und versuchte krampfhaft das Armband abzumachen aber bei jedem Versuch es von meinem Arm abzumachen, zog es sich noch enger und mittlerweile floss schon Blut meinen Arm hinunter. Mit eindeutigen Gesten bat ich meine Schlange sich rauszuhalten, denn sie machte grade einen sehr wütenden Eindruck. Trotz ihrer Zweifel, die ich in ihren Augen sah, schlich sie an meinen Körper herunter und schlängelte sich in Richtung Bett. Nachdem ich ihre Tat eine Weile beobachtet hatte, blickte ich wieder zu Sirius. Da Sirius anscheinend keine Lust hatte, dass ich weiter Blut verliere, hielt er meine beiden Hände fest und die beiden "Gorillas" nahmen mir meinen Umhang ab. *„War klar, dass sie mir meine ganzen Wertsachen wegnehmen würden."* Genervt verdrehte ich meine Augen und mein schmerzhafter Blick verhakte sich mit dem von Sirius. Nun versuchte ich meinen Plan umzusetzen. Konzentriert blickte ich ihm in seine Augen und er schien in Trance zu gleiten. Doch bevor ich ihm irgendeinen Befehl geben konnten, banden mir die "Gorillas" eine Augenbinde um. Ich hörte durch meine guten Sinne aber trotzdem wie Sirius wieder zu sich kam und mein Armband wütend über meine Tat noch mehr in meine Haut drückte. Wieder schrie ich auf und Sirius hielt eine Hand vor meinen Mund. Wild schlug ich nun mit meinen Armen um mich und ab da hatten sie wohl genug von mir. Kurz danach spürte ich nämlich einen Schlag auf meinen Hinterkopf. Kurz schrie ich auf und hielt mir den Kopf. Danach begann mein Kreislauf verrückt zu spielen und mir wurde schwindelig. Schwankend ging ich noch ein paar Schritte bis mich die Ohnmacht übernahm und mir schwarz vor Augen wurde.

Kurze Zeit später wachte ich mit einem brummenden Schädel in einem Bett auf. Stöhnend rieb ich mir den Kopf und versuchte langsam zu realisieren, wo ich war, bis mir die letzten Ereignisse wieder in den Kopf kamen. Langsam versuchte ich mich aufzurichten, was sich als schlechte Idee erwies, denn kurz vorm Erheben meinerseits fiel ich wieder erschöpft ins Bett. Ich beschloss daher mich erst ein bisschen auszuruhen. Als ich später wieder wach wurde, kam es mir vor als hätte ich Stunden geschlafen. Dadurch das ich keine Uhr oder sonst etwas hatte, womit man wissen konnte, wie spät es war, konnte ich die Zeit nur durch das Wetter ungefähr ableiten. Aus diesem Grund versuchte ich ein zweites Mal aufzustehen und dieses Mal gelang es mir auch. Langsam ging ich zum Fenster und erblickte die dunkle von Mondschein erhellte Nacht. Es war leicht windig und der Nachthimmel war mit Sternen überseht. *„Ich habe anscheinend sehr lange geschlafen aber jetzt sollte ich mich ein bisschen umsehen!"* Auch wenn mich der Anblick des Himmels mit Freude erfüllte und mich entspannen ließ, riss ich mich davon los und schaute mich in meiner Zelle um. Im Gegensatz zu den anderen Zellen kam es mir so vor als würde meine gesicherter sein und auch besser gestaltet worden sein. *„Warum hat sich Sirius bei meiner Zelle extra mehr Mühe gegeben oder eher gesagt, warum hat er für mich eine bessere Zelle gebaut? Warum behandelt er mich anders als die anderen Gefangenen? Nur weil ich das Mädchen in der Legende bin? Gerade deswegen sollte er mich fürchten, mich schlecht behandeln und mich leiden lassen. Mehr als alle anderen hier. Aber im Moment habe ich das Gefühl, er behandelt mich besser, anders als alle anderen. Dabei bin ich genau wie sie, besonders."* Das alles fiel mir auf, als ich meine Zelle genauer musterte. Ein besseres Bett mit dicker Bettwäsche, eine saubere neuere Toilette, ein schöneres kleines Regal über dem Bett und ich hatte zudem ein größeres Fenster. Im Allgemeinen war meine Zelle in einem weitaus besseren Zustand als alle anderen. Wenn sie keine Gitterstäbe vorm Fenster hätte, würde man es vielleicht sogar nicht mal als Zelle wiederspiegeln können. Ich bekam ein schlechtes Gewissen und es machte mich wütend, denn ich wollte nicht anders behandelt werden. Schlecht gelaunt musterte ich nun meinen Arm, an dem das Blut nicht mehr runterfloss. Sirius hatte mir einen Verband um das Handgelenk gewickelt und das Ortungsarmband war nun um mein anderes Handgelenk gebunden. Der Verband war schon nicht mehr frisch, was mir klarmachte, dass ich schon mehrere Tage geschlafen hatte. Natürlich schmerzte mein anderes Handgelenk auch sehr aber solange ich nicht versuche das Ortungsarmband abzubekommen, wird es sich nicht noch fester ziehen. Ich ignorierte also die Schmerzen und bemerkte gerade zum ersten Mal, dass meine Schlange unter meinem Bett versteckt war. *„Wahrscheinlich hatte Sie sich dort die restlichen Tage verkrochen."* Erleichtert über ihr Erscheinen lächelte ich sie an. „Ich habe mich schon gewundert, wo du bist. Danke, dass du dich rausgehalten hast. Es war besser so. Achja ich habe mir endlich einen Namen für dich überlegt! Was hälts du von Nagini?" „Nächstes Mal werde ich mich aber garantiert nicht raushalten! Shzzzzz. Der Name gefällt mir." Ich nickte nur wissend und fragte beiläufig: „Hast du eine Ahnung, wie wir hier rauskommen? Ich habe nämlich keine Lust das nächste Opfer von Operationen und Untersuchungen zu sein! Wie lange war ich überhaupt weg?" „Drei Tage", antwortete sie und machte sich dann nachdenklich auf die Suche doch, wie bereits erwähnt, war meine Zelle besser gesichert. Das hieß, dickere Gitterstäbe, mehrere Schlösser am Schloss und mehrere Alarmsignale, die jetzt gerade rot blinkten. Ein Signal war am Fenster, eins an der Decke neben der Tür und eins an der Tür. Nagini schaute sich weiter um aber sie fand keinen Ausweg. Sie war nicht dünn genug, um sich durch die Gitterstäbe zu zwängen. Zudem stellte ich gerade auch fest, dass Magie in diesem Raum nicht funktionierte. Ärgerlich über diese verzwickte Lage, in der ich mich gerade befand, schlug ich mehrmals mit meiner Hand gegen die Wand und schrie meinen Frust raus. Gerade als ich mich wieder beruhigt hatte, sprach jemand aus der Zelle neben meiner zu mir und obwohl die Wände dick waren,

konnte ich ihn hören, was wahrscheinlich an meinen übermenschlichen Sinnen lag. Als ich seine Stimme wahrnahm, verklang die
Wut sofort, denn dieser Schimmer von Hoffnungslosigkeit, der in
ihr zu hören war, hinterließ bei mir eine Gänsehaut. „Es wird nichts
bringen! Egal wie laut du bist, er wird nicht kommen…und du
wirst hier nie rauskommen…niemand wird hier je rauskommen. Du
solltest aufgeben, so wie wir alle.“ Nach diesen Worten verstummte er wieder und auch wenn ich ihn nicht kannte und vielleicht auch nichts mit ihm gemeinsam hatte, wollte ich ihn umstimmen. Ich wollte alle hier umstimmen.

# Kapitel 23

Kurze Stille bildete sich nun im Raum und ich beschloss mit
ihm zu reden. Geschlafen hatte ich laut Naginis Aussage anscheinend genug und außerdem verging der Ehrgeiz seine Meinung zu
ändern nicht. Ich ging nun zu der Tür, die aus Gitterstäben bestand
und umschloss mit meinen Händen die Stäbe. Kurz überlegte ich,
wie ich das Gespräch anfangen sollte, bis ich rüber blickte zu seiner Zelle und einfach anfing zu reden. „Hey“, fragte ich zu der
anderen Tür, wo noch niemand erschienen war. Ein paar Sekunden
vergingen und ich wollte schon die Hoffnung aufgeben, bis ich
eine Hand erblickte die leicht zwischen den Gitterstäben hervor-
blitze. „Was willst du“, zischte er mich nun frech an. Obwohl ich
mich sehr wunderte über die schnelle Veränderung seiner Laune
und seines Gesprächstons sprach ihn nicht darauf an und versuchte
ein Gespräch aufzubauen. „Warum bist du hier“, fragte ich inte-

ressiert. Ich sah wie er sich an die Tür lehnte und an ihr herunterglitt. Seinen Kopf lehnte er an die Gitterstäbe und atmete tief ein, so als müsste er sich überwinden. *„Vielleicht fällt es ihm schwer darüber zu reden."* Da ich ihn nicht dazu drängen wollte, mir alles zu erzählen, unterbrach ich meine eigene Frage. „Schon ok. Du musst es mir nicht erzählen, wenn du nicht willst", gab ich ihm freundlich zu verstehen. Doch statt auf dieses Thema einzugehen, wechselte er das Thema. „Wie konntest du mich eigentlich gerade hören? Die Wände sind doch sehr dick und ich habe nur leise gesprochen!" „Ich habe übermenschliche Sinne. Ich kann besser sehen, hören und Sachen besser wahrnehmen als alle anderen Menschen. Ich bin halt anders", teilte ich ihm mit. Sein Ton war wieder normal geworden aber er klang trotzdem beleidigt und gereizt. „Anders? Du bist mehr als das! Du bist besonders." „Sind wir das nicht alle? Wieso denkst du so?" „Ich kenne die Zelle, in der du bist. Eigentlich kennt sie jeder hier. Sirius hat jeden, als er hierherkam, zuerst diese Zelle gezeigt. Er hat immer gesagt, dass wir diese Zelle nie haben werden. Jemand besonderes, jemand der anders ist als alle anderen würde diese Zelle eines Tages bewohnen. Jetzt bist du in dieser Zelle und wirklich jeder, auch ich, fragt sich, warum genau du diese Zelle bewohnst. Was dich von uns unterscheidet. Was dich anders macht, als alle und was dich so besonders macht." Er klang als er das alles sagte, als würde es ihn interessieren aber es war auch Neid in seiner Stimme zu hören. Da ich allerdings nicht wusste, ob ich ihm anvertrauen konnte, dass ich das Mädchen aus der Legende bin, das Mädchen, dass Sirius töten muss, beschloss ich ihn nicht direkt einzuweihen. „Was ist, wenn ich jemand wäre der euch retten könnte? Was ist, wenn das meine Bestimmung wäre?" „Nun..., wenn das wirklich war wäre, dann müsstet du das Mädchen aus der Legende sein und das ist schlichtweg unmöglich. Wie soll den jemand der gleich schon so tobt uns retten?" Fassungslos schüttelte ich den Kopf. Meine Laune hatte er jetzt auf jeden Fall geändert. „Ich habe nur kurz die Fassung verloren aber vielleicht hast du recht und ich bin nicht fähig euch zu retten aber ich werde es trotzdem versuchen", sprach ich etwas beleidigt. „Du bist es wirklich...oder?" Rania: „...Ja aber ich habe sowieso nicht gedacht, dass ihr noch an irgendetwas glaubt. Ihr habt eure Hoffnung verloren." Kurz schwieg er und ich wendete meinen Blick ab von seinem Rücken und musterte gedankenverloren die anderen Zellen, in denen alle schliefen. Nagini war auch schon vor einer Weile auf meinem Bett zur Ruhe gekommen. Gerade als er zu reden begann, leuchtete die grüne Lampe auf und kurze Zeit später hörte man Sirius Schritte, die durch das Erdgeschoss hallten. Schnell begann er sich aufzurichten. „Schnell tu so als würdest du schlafen." „Warum", fragte ich verwirrt. „Du bist wichtiger als ich! Ich habe das schon öfters durch. Ich komm damit klar." Unabsichtlich schlich sich ein Lächeln auf meine Lippen. *„Er will mich beschützen. Glaubt er jetzt doch an mich?"* Auch wenn ich es schon süß fand, dass er jetzt den Helden spielen wollte, konnte ich es nicht zulassen. „Nein", gab ich ernst von mir. Gleich nachdem diese Worte meinen Mund verlassen hatten, wurde auch schon meine Tür aufgesperrt und die beiden "Gorillas" zerrten mich raus. Der junge Mann neben meiner Zelle rebellierte stark und rüttelte an den Gitterstäben. Nachdem die beiden "Gorillas" mich weiter hinter sich herzogen, sperrte Sirius meine Zelle wieder zu. Aber was wir alle nicht bemerkt hatten war, dass Nagini meine Zelle in der Zeit, wo die Tür offen war schon längst verlassen hatte. Gemeinsam gingen wir dann weiter, vorbei an den anderen Zellen und ich erhaschte einen Blick auf den jungen Mann, mit dem ich gerade sprach. Unsere Blicke verhakten sich und ich blickte in hellblaue Augen, die mich sofort in ihren Bann zogen. Ich sah tiefen Schmerz in seinen Augen und er war so erschütternd, dass ich nicht wegschauen konnte. Unabsichtlich blieb ich stehen und schenkte ihm schüchtern ein aufmunterndes Lächeln, während er den Blickkontakt brach und mich leicht musterte. Natürlich versuchte er es so unauffällig wie möglich zu machen aber ich bemerkte es. Ich hatte natürlich schon vorher unbemerkt einen Blick über ihn gleiten lassen. Er hatte dunkelbraune, etwas längere Haare. Zudem fielen seine Haare ihm dauernd ins Gesicht. Ihn schien es aber nicht sonderlich zu stören. Vom Körperbau war er nicht so dünn wie ich und wenn es mich nicht täuschte war er ein bisschen größer als ich. Zudem hatte er einen gut trainierten Körper, was ich an seinen muskulösen Armen feststellte. Von seinen Verhalten und seinem Körperbau wirkte er wie ein Player aber ich wusste er war es nicht. Dazu müsste er mehr von sich überzeugt sein. Er wirkte eher wie jemand, der eher abseitssteht. Was ich eigentlich nicht verstand, denn wegen seines Aussehens müsste er eher beliebt sein und sich im Rampenlicht sonnen. Vielleicht war es ja auch mal so. Bevor er hierherkam aber den Eindruck machte er nicht. Nachdem ich kurz darüber meine Gedanken verlor, trafen sich unsere Blicke wieder und er betrachtete mit Neugier aber auch Angst meine dunkelroten stechenden Augen. Leider hielt unser Blickkontakt nicht lange, da Sirius wieder meine Aufmerksamkeit wollte. Genervt schnipste er vor meinem Gesicht rum und die "Gorillas" zerrten an meinen Armen, weil ich unerwartet stehen geblieben war. Ich unterbrach nun den Blickkontakt und schaute abwartend zu Sirius. „Jetzt komm schon. Ich habe nicht ewig Zeit", keifte er mich wütend an. Genervt verdrehte ich die Augen und setzte mich widerwillig in Bewegung. Als der junge Mann fast aus meinem Sichtfeld verschwand, blickte ich noch einmal zurück und sah wie er den Blick immer noch auf mich gerichtet hatte. Kurz nachdem wir durch eine weiße Tür verschwanden, löste er seinen Blick und senkte seinen Kopf und auch ich richtete meinen Blick nach vorne ins Unbekannte, dass sich hinter der Tür befand.

# Kapitel 24

Durch die Tür gelangten wir in einen Nebentrakt, der an die Lagerhalle angrenzte. Er war viel moderner von innen aufgebaut und sah aus wie ein normales Krankenhaus. Weiß gehalten, Glastüren, Untersuchungszimmer, Operationsräume, Aufwachräume und es war noch ein Fahrstuhl vorhanden, der sichtbar ins Labor führen würde. Außerdem liefen hier überall Ärzte, Laboranten und Chirurgen in blauen und weißen Kitteln rum. Sie alle beachteten uns nicht, als wir den Flur im Trakt entlangliefen. Sie waren schwer beschäftigt. Schwer beschäftigt damit, zu überlegen, wie sie den nächsten Menschen quälen können. Schwer beschäftigt, damit zu überlegen, ob es dieser eine Mensch wert ist weiterzuleben oder ob sie einfach den nächsten nehmen sollen. Schon wieder verursachte dieser Gedankengang von mir unkontrollierbare Wut. Während ich noch weiter gegen diese Wut ankämpfte und versuchte mich unter Kontrolle zu halten, waren wir inzwischen in einem Untersuchungszimmer angelangt. Der Raum war gefüllt mit Chirurgen, Ärzten, vielen elektrischen Geräten und mitten im Raum stand ein Operationsstuhl. Beim Anblick von den ganzen Geräten, die mittenrum standen und diesem Foltergerät wurde mir übel und ich bekam Angst. Panische Angst. Die beiden Gorillas schliefen mich zu dem Stuhl und ich fing an mich zu wehren. Wild versuchte ich mich ihren Griffen zu entwänden aber sie traten mir einfach auf meine Füße und ich schrie kurz auf. Während ich kurz durch den Schmerz abgelenkt war, spritze mir Sirius ein Beruhigungsmittel. Lange Zeit brauchte es nicht um zu wirken und bevor ich noch irgendwas unternehmen konnte, übermahnte mich eine große Müdigkeit und ich fiel in Sirius Arme. Er und seine Gorillas legten mich dann auf die Liege und banden mich fest, was ich aber nicht mehr mitbekam. Nach einer Weile kam ich wieder zu Bewusstsein und spürte einen stechenden Schmerz in meinem Herzen. Schreiend riss ich meine Augen auf und wollte aufstehen oder mich zu mindestens umsehen aber ich war gefesselt. Mein Hals wurde erdrückt von einer Metallstange, unter der ich meinen Hals nicht bewegen konnte. Um meine Handgelenke und um meine Hüfte waren ebenfalls Metallstangen, weswegen ich mich nicht aufrichten konnte. Immer wieder drückte ich meinen Bauch gegen die Stange und versuchte mich hochzudrücken und wand mich panisch unter den Stangen. „Beruhig dich", zischte eine mir bekannte Stimme auf einmal zu mir. Suchend sah ich mich um bis ich Sirius am Fenster entdeckte. Er sah nach draußen in die dunkle vom Mondschein erhellte Nacht und beachtete gar nicht, was um ihm herum geschah. Der Raum war vom hellen Licht einer Lampe, die direkt auf mich schien, erhellt. Die Chirurgen und Ärzte standen um mich rum und waren gerade dabei alles vorzubereiten. „Fangt an", befahl Sirius Ihnen. Sie nickten nur und begannen nun alle mich zu untersuchen. Einer leuchte in meine Augen, machte sich Notizen, der nächste schnitt meinen Arm auf, weswegen ich anfing schmerzhaft zu schreien, der nächste entnahm mir Blut, der nächste testete meine Reflexe, indem er immer mal wieder mit einem Hammer auf mein Bein schlug und der letzte untersuchte mein Herz. Sie alle trugen Kittel und Mundschutzmasken. Da Sirius mein Geschreie, mittlerweile auf die Nerven ging, band er mir Klebeband um den Mund. Das Klebeband verhinderte meine Schreie aber nicht, es dämpfte sie nur. Der Mann, der dabei war meinem Arm aufzuschneiden, setze nun sein Messer ab und holte eine Zange. Erschöpft hörte ich kurz auf zu schreien und Schweiß rinn mir die Stirn runter. Schwer atmend beobachtete ich, wie er mit der Zange ein Stück von meinem innenfleisch rausriss und es in ein Glas indem Wasser war, versank. Schmerzhaft schrie ich wieder gedämpft gegen das Klebeband und Tränen verließen nun meine Augen. Der Mann, der meine Augen untersuchte fing die Tränen auf und sammelte sie in einer Art kleinen Behälter. Immer mal wieder blickte ich zu Sirius, der währenddessen wieder am Fenster stand. Er sah mich nicht an doch durch die Spiegelung konnte ich sein Gesicht erkennen. Kurz trafen sich unsere Augen in der Spiegelung und ich sah Mitleid in seinen Augen, was mich sehr verwunderte. Eine Träne verließ seine Augen, während er in meine von Schmerz getränkten Augen sah. *„Warum trifft es ihn so? Er wollte doch genau das, sein Leben lang? Warum kann er es dann nicht mitansehen, wie ich leide?"*

# Kapitel 25

Mit einem flehenden Blick sah ich in seine Augen und vertiefte den Blickkontakt. Wie erstarrt blickte er zurück in meine Augen und begann in Trance zu gleiten. Nun war der perfekte Zeitpunkt, um die Kraft meiner Augen zu beweisen. Auch wenn es mir unter den Schmerzen schwer fiel mich zu konzentrieren, versuchte ich mit all meiner Kraft in seinen Geist einzutauchen. Das Rot von meinen Augen wurde intensiver und ich begann die Schmerzen auszublenden und meine Konzentration galt ganz ihm. Er war inzwischen ganz in meinen Augen versunken und rührte sich keinen Millimeter. Nun schloss ich meine Augen und begann in seinen Kopf einzutauchen. Ich tauchte so tief in seinen Geist und sah Abgründe, die niemand sehen sollte. Seine Vergangenheit, inder er viel leiden musste, oft allein war und sich einsam fühlte. Ich sah aber auch alles was er getan hatte. Wie er Menschen leiden lassen hatte, umgebracht hatte, ausgenutzt hatte und manipuliert hatte und als ich sah wie er Tia entführte, war es vorbei mit allem Mitleid, dass ich für ihn empfand. Die Wut drückte nun auf mein Herz und ich öffnete meine Augen wieder. *„Befrei mich"*, befahl ich in Gedanken nun zu ihm, während ich wieder in seine Augen blickte. Schmerzhaft knickte er nun ein und hielt sich schreiend den Kopf während er seine Augen zu kniff. „Geh raus aus mir. Ahhhhhh. Verschwinde." Verwundert blickten die Ärzte und Chirurgen ihn an und ein paar gingen zu ihm und versuchten herauszufinden, was mit ihm war. Mein Blick lag immer noch auf ihm und ich versuchte ihn damit weiter zu quälen. Der Schmerz und die Wut, die in meinem Blick lag, kämpften sich durch seine dicke Barriere, die er um seinen Geist aufgebaut hatte und er schrie auf. „Das reicht. Macht

Sie los. Macht schon." Leider hielten die Ärzte von seiner Idee nicht reichlich viel und einer Bemerkte meinen intensiven Blick auf ihn. Kurzerhand nahm er das Desinfektionsmittel, dass auf einem Nebentisch stand und schüttete es in meine offene Fleischwunde. Sofort verschwanden meine Konzentration und der brennende Schmerz ließ mich gequält aufschreien. Ich schrie bestimmt eine viertel Stunde, dann ließ der Schmerz ein bisschen nach. Sirius war inzwischen wieder er selbst und machte einen wütenden Eindruck. Schnellen Schrittes kam er zu mir und schlug mir ins Gesicht. Meine Nase fing sofort an zu bluten und das Blut floss meinen Hals hinunter. „Wenn du noch einmal in meinen Kopf eintauchst, werde ich Tia umbringen. Hast du mich verstanden?" Wegen des Schmerzes, der mich langsam lähmte, war es mir nicht möglich auf seine Reaktion zu reagieren. „Ich habe gefragt, ob du mich verstanden hast", schrie er mich nun lauter an. Ich zuckte zusammen und nickte kraftlos. „Gut!" Nach seiner Standpauke gingen die Ärzte und Chirurgen wieder an ihre Arbeit. Sie machten an mir noch ein paar Untersuchen aber ich bekam von alldem nichts mehr mit. Ich lag nur noch schwer atmend ohne Kraft mich noch mehr zu wehren auf der Liege und ließ es über mich ergehen. Nach ein paar weiteren Schnitte in mein Fleisch und noch mehr Blutentnahmen sorgte der Schmerz dafür, dass ich zu nichts mehr im Stande war. Nach ein paar Minuten waren Sie dann fertig und banden mich los und wenn ich jetzt in einer guten Verfassung gewesen wäre, hätte ich mich sicherlich gewährt aber ich rührte mich nicht. Da Sirius wusste ich würde keinen Schritt mehr gehen können, löste er die Metallstangen, nahm mich in Braustyle von der

Liege und trug mich aus dem Raum. Er trug mich in einen Aufwachraum und legte mich dort ins Bett. Danach deckte er mich zu
und verband noch kurz meine Wunden. Er legte einen Schlauch,
der ein schmerzlinderndes Mittel in meinen Körper pumpte in eine
Arterie und die Schmerzen linderten sich. Mein Puls fing an sich
normalisieren und mein Herz schlug wieder normal. Erschöpft viel
ich nun in den Schlaf und Sirius verließ den Raum. Kurz bevor ich
ins Traumland fiel, hörte ich Sirius leise flüstern: „Es tut mir leid."

# Kapitel 26

Mit brennenden Kopfschmerzen erwachte ich aus meinem quä-
lenden Schlaf. Sofort fing mein Herz wieder an schneller zu schla-
gen und ich richtete mich hektisch auf. Egal wie sehr mein Körper
unter jeder kleinsten Bewegung schmerzte, weil das Schmerzmit-
tel schon längst seine Wirkung verloren hatte, ich musste hier weg.
Doch bevor ich mich auch nur im entferntesten aufrichten konnte,
wurde ich von Sirius, der gerade mein Zimmer betrat wieder aufs
Bett gedrückt. „Lass mich los. Lass mich gehen. Ich will zu Tia."
„Sei ruhig und beruhige dich, dann für ich dich zu ihr", befahl er
mir. „Nein...lass mich los." Immer noch schrie ich unter seinen Armen und wand mich panisch aber sein Griff war zu stark. Auf einmal ließ er von mir ab und ich stand schnell auf und wollte wegrennen. Weit kam ich aber nicht, denn kurz bevor ich die Tür er-
langte, jagte er Stromschnellen durch meinen Körper. Mein ganzer
Körper schüttelte sich und nach einer Weile ließ er von mir ab.
Erschöpft knickte ich danach ein und atmete schwer. „Wirst du mir
jetzt gehorchen?" Ich nickte nur schwach und dann ging er auf

mich zu und bat mich ihm zu folgen. Da ich immer noch Schmerzen im ganzen Körper verspürte, folgte ich ihm aber nur langsam. Als er dann auch noch seine Schritte verschnellerte musste ich mir Mühe geben mitzuhalten. Nach ein paar Minuten waren wir vor einer Tür angelangt, die uns nach draußen führte. Verwirrt blieb ich stehen als ich Schnee unter meinen Füßen spürte. Als ich dann den Rest der Landschaft erblickte, kam ich aus dem Staunen nicht mehr raus. Die sonst so trostlose Landschaft war von einer weißen Decke umgeben. Es sah einfach nur wunderschön aus. Ein leichtes Funkeln war in meinen Augen zu sehen, als ich den funkelnden Schnee betrachtete. Sirius war inzwischen stehengeblieben und schien auf jemanden zu warten. Ich nutze die Gelegenheit der Stille, die gerade herrschte und fragte, was mir schon lange auf der Zunge lag. „Warum fällt es dir so schwer mich leiden zu sehen?" Er antwortete nicht sondern sah in die Ferne. So als ob er mich gerade nicht gehört hatte. Ich nahm meinen ganzen Mut zusammen und ging zu ihm. Jedoch rührte er sich immer noch nicht, weswegen ich sein Gesicht zu mir drehte. Erst jetzt sah ich wie voller Schmerz seine Augen waren. Ich ließ meine Hand wieder sinken und schaute ihm in die Augen. Doch er sagte nichts, war unfähig zu reden, weil gerade Tränen seine Augen verließen. Verwundert musterte ich ihn. Noch nie hatte ich ihn weinen gesehen. Ich war mir nicht mal sicher, ob er überhaupt in der Lage war, zu wissen wie sich Trauer anfühlt. Anscheinend wusste er das. Mittlerweile flossen immer mehr Tränen sein Gesicht hinab und jeder hätte ihn vermutlich gerade in den Arm genommen. Ihn gefragt, was los sei aber ich hatte kein Mitleid mit ihm. Mit verschränkten Armen musterte ich ihn und dachte gar nicht erst daran, ihm auch nur ein

Fünkchen Mitleid zu schenken. Er hatte das nicht verdient. Nach einer Weile fing er an hektisch im Kreis zu laufen und fuhr sich über seine kurzen Haare. Wütend schrie er mir das entgegen, was ich seit wir uns begegnet waren, nie erwartet hätte. „Ich liebe dich!" Wie erstarrt rührte ich mich nicht, während seine Worte immer wieder durch mein Gedächtnis gingen. Ich war wie gelähmt und er kniete inzwischen auf dem Boden und schluchzte verzweifelnd. *„Er liebt mich...Was?"*

# Kapitel 27

In diesem Moment stand ich komplett neben mir. Ich war verwirrt und überfordert. Das was er tat und das was er fühlt waren komplett verschiedene Schuhe. Es ergab einfach keinen Sinn. *„Warum sollte er mich lieben...das ist völlig unmöglich...das darf einfach nicht sein."* Mein ganzer Körper wehrte sich dagegen, dass er die Wahrheit sagte. Ich wollte es einfach nicht wahrhaben. Indem ich mir langsam eintrichterte, dass es eine Lüge war und selbst, wenn es stimmte rein gar nichts ändern würde, kam ich wieder in der Realität an. Sofort schüttelte ich meinen Kopf, in der Hoffnung das grad gesagte aus meinen Gedanken verschwinden zu lassen. Es vergessen zu können. Sirius war inzwischen wieder aufgestanden und schien sich wieder etwas gefangen zu haben. Doch nichts zu sagen und dieses Gespräch, dieses Geständnis einfach zu vergessen, dass konnte ich nicht. So sprach ich einfach aus, was mir grad durch den Kopf ging, obwohl meine Gedanken ein völliges Chaos waren. „Was hast du erwartet, was ich jetzt antworten würde? Ja Ich liebe dich auch, lass uns zusammen durchbrennen und eine glückliche kleine Familie gründen…denkst du wirklich ich würde irgendetwas außer Hass für dich empfinden? Nicht mal dieses Gefühl sollte ich für dich empfinden…Du bist es nicht wert, dass ich irgendwelche Gefühle an dir verbrauche und du hast es nicht verdient. Du hast mich nicht verdient…Hast du vergessen, was du mir alles angetan hast? Du hast meine ganze Familie ermordet als ich zehn war! Zehn verdammt!!! Und du hast meinen Mann ermordet! Nicht zu vergessen, was du den Menschen da drinnen schon alles angetan hast und ich hasse dich dafür…denkst du wirklich, ich könnte das jemals vergessen oder gar dir verzeihen…egal wie oft du dich entschuldigen würdest, ich könnte es nie. Es ist zu spät…du hast zu viel Schaden angerichtet…zu viel Schaden in mir und zu viel Schaden an anderen…" Kurz hörte ich auf mit meinem endlosen Vortrag, um ein bisschen runterzukommen. Ich holte einmal tief Luft und spürte wie die eiskalte Luft durch meine Lunge strömte. Kalt und wütend schaute ich ihn an und er betrachtete nur den Boden. Ich spürte, wie ihn dieser Vortrag getroffen hatte. Es war wie ein Messerstich in sein Herz. Das was ich noch vorhatte zu sagen, viel mir leichter als ich dachte: „Ich liebe dich nicht…und ich werde es nie tun…Ich werde dich umbringen, sowie es in der Legende vorgesehen ist…" Nach diesem Satz schien es so, als hätte er ein bisschen Mut wiedergefunden. Er rieb sich die Augen und schaute mich an. Mit seiner Hand berührte er meine Wange und strich sanft mit seinen Daumen meine Wangenknochen entlang. „Ich weiß, dass du mich nie lieben wirst, ich weiß, dass das alles falsch war und schrecklich was ich getan hab aber ich hatte für alles einen Grund und den habe ich immer noch." Er ließ seine Hand wieder sinken lief frustriert hin und her. „Verstehst du es denn nicht? Ich will doch einfach nicht normal sein. Ich will was Besonderes sein. Ich will mächtig sein und berühmt, nicht allein und einsam. Ich weiß, der Weg wie ich mein Ziel erreichen will ist nicht der richtige doch es ist auch zu spät jetzt noch einen anderen Weg einzuschlagen. Ich werde das durchziehen und meinen Plan die Welt zu beherrschen vollenden." Er machte eine kurze Pause und kam mir nun gefährlich nahe. Kurzerhand fing ich an langsam rückwärts vor ihm zu flüchten, bis ich die kalte Wand an meinem Rücken spürte. Blitzschnell legte er seine Hände auf meinem Hals und versuchte mich zu erwürgen. Sein Druck wurde stärker und ich trat wild mit den Füßen gegen ihn. Um mich zum Schweigen zu bringen jagte er wieder Stromschnellen durch meinen Körper. Ich spürte immer wieder wie die Stromschnellen durch meinen Körper flossen und mir langsam meine Kraft nahmen. Es fühlte sich an, als würde ich von innen zerrissen werden, als würde mein Körper von innen brennen. Erst als bereits mein Herz anfing stechende Schmerzen von sich zu geben, ließ er ab von meinem Hals. Schwer atmend knickte ich ein und rollte mich auf den Boden zusammen. Ich zuckte immer wieder zusammen, weil ich den Strom immer noch spüren konnte. Sirius holte eine Pistole aus seinem Umhang und zielte auf mich. „Du lagst falsch mit dem was du gesagt hast. Ich werde dich umbringen. Wenn ich dich nicht haben kann, dann auch kein anderer!" Mit diesen Worten drückte er den Abzug und schoss doch die Kugel traf nicht auf mich, denn jemand anderes schmiss sich kurzerhand in die Flugbahn der Kugel. Hätte diese Person doch nur vorher gewusst, dass er mich nie töten, sondern nur verletzen wollte.

# Kapitel 28

Allerdings wusste er es nicht und Sirius traf ihn mitten ins Herz. Gedrückt schrie er auf und als ich seine Stimme hörte, blieb mein Herz kurz stehen. „Jack!" Mit all meiner Kraft krabbelte ich zu ihm und kniete mich vor ihm hin. „Was hast du getan", fragte ich entsetzt an Sirius gerichtet. Ich hob Jacks Kopf ein bisschen an und legte ihn auf meine Knie. Dann umschloss ich meine Hand mit seiner. „Jack. Warum hast du das getan?" Jack viel es schwer zu atmen und er gab nur Bruchstücke eines Satzes von sich. „Ich konnte. Es...nicht. Zulassen.... Du musst. Überleben. Außerdem habe ich es verdient..." Danach fielen ihm erschöpft die Augen zu und ich spürte wie sein Herz schwächer wurde. „*Könnte ich doch nur meine Magie einsetzten. Verflucht!*" Verzweifelnd blickte ich zu Sirius, der einfach nur dastand und nichts unternahm. „Tu doch was. Hilf mir..." Doch er ging einfach zu dem schwarzen Van, der seit einiger Zeit nicht weit entfernt von uns stand. Natürlich ahnte ich schon, wenn er dort drinnen gefangen hielt doch ich konnte mich im Moment nur auf Jack konzentrieren, der gerade seine letzte Kraft für einen Satz verbrauchte: „Verzeih mir." Auch wenn er mir nicht sagte, was ich im Verzeihen sollte, wusste ich es schon. Kurz sah ich hoch und mein Blick lag auf Sirius der gerade Tia zu uns führte. Mein Herz blieb im diesem Moment stehen und Tränen der Freude stiegen aus meinen Augen. „*Ein Glück. Sie lebt und ist unversehrt.*" Erleichternd blickte ich in den Himmel und fuhr mir mit der freien Hand durch die Haare und sie fielen mir daraufhin ins Gesicht. Als Tia mich erblickte glänzten ihre Augen und sie begann zu strahlen. Im nächsten Moment aber war ihr Gesicht von einem verwirrten Ausdruck versehen. Ihr Blick lag auf

Jack und auch wenn er sie in diese missliche Lage gebracht hatte, war sie den Tränen nahe aber ich wollte nicht, dass sie ihn so sieht. „Sirius....Bitte!" Sirius verstand sofort, was ich von ihm wollte und er legte seine Hände vor Tias Augen, sodass sie nicht sehen wird, was gleich passieren wird. Ich widmete mich nun wieder Jack, der immer noch am Leben war. Ich strich meine Haare wieder hinter die Ohren. Jack hatte seine Augen weiterhin geschlossen und atmete allerdings wieder normal. Verwundert musterte ich ihn und sah wie sich seine eben noch stark blutende Wunde langsam wieder mit Blut füllte und sich auf magische Weise heilte. „Aber...wie ist das möglich?" Erst jetzt bemerkte ich wie meine Hand schmerzte und ich langsam immer schwächer wurde. Ich schaute zu meiner und Jacks Hand, die immer noch ineinander verschlossen waren. Meine Hand strahlte und Magie strömte in Jacks Körper. „Wie konnte ich ohne einen Zauberspruch, ohne etwas zu sagen meine Magie einsetzten." Trotz meiner Verwunderung schloss ich meine Augen und konzentrierte mich auf die Heilung. Nach einer Weile fing Jack heftig an zu Husten und holte gierig Luft. Ich öffnete meine Augen und half ihm sich aufzusetzen. Gerade fiel mir auf, dass ich immer noch nicht auf seine Frage geantwortet hatte. Abwartend schaute er mich an, nachdem er wieder bei Sinnen war. „Sollte ich ihm wirklich verzeihen?" Ich entschied mich dazu einfach mal über meinen Schatten zu springen. „Ich verzeihe dir." Jack lächelte und umarmte mich. „Aber vergessen werde ich es nie", sprach ich in Gedanken zu mir. Ich nahm die Umarmung daher nur halbherzig an und als Jack seine Hand aus meiner löste, übermahnte mich eine große Müdigkeit. Es war als hätte ich meine ganze Magie verbraucht nur um sein Leben zu retten. Ich fühlte mich schwach und war zu nichts mehr im Stande. So bekam ich nur am Rande mit, wie Tia mir in die Arme fiel. Fest drückte ich sie an mich und Jack ließ uns allein. Er ging zu Sirius und besprach etwas mit ihm doch der Inhalt des Gesprächs, blieb mir verborgen. Ich drückte Tias kleinen Körper noch näher an mich und sie schluchzte. Und auch wenn ich in diesem Moment überglücklich war, konnte ich die Vision nicht aus meinem Kopf verbannen. *„Wird es das letzte Mal sein, dass ich so in den Armen halte?"*

# Kapitel 29

Immer fester drückte ich Tia an mich und es war ein Wunder, dass es ihr noch möglich war Luft zu holen. Inzwischen saßen wir bestimmt schon ein paar Minuten umschlungen im Schnee. Wie viel Zeit genau vergangen war, konnte ich aber nicht feststellen. In diesem Moment hatte ich mein Zeitgefühl komplett verloren. Es könnten Stunden gewesen sein oder auch nur ein paar Sekunden, in denen wir umarmt im Schnee saßen. Allerdings kam es mir vor wie eine Sekunde, als Jack mir Tia aus den Armen entriss. Ich wollte sie festhalten, sie wieder zurück in meine sicheren Arme betten aber meine nicht vorhandene Kraft ließ mich einfach sitzen bleiben und zugucken. Ich sah stumpf und kalt dabei zu, wie sie Tia in ein Auto brachten, dass neben dem Van stand. In der Zeit wo Jack damit beschäftigt war, Tia in seinen Wagen zu bekommen, half Sirius mir hoch. Als er mich einigermaßen wieder auf die Beine stellen konnte, stützte er mich. Zum Laufen war ich nämlich nicht mehr im Stande. Meine Beine fühlten sich an wie Pudding. Von meiner Außenwelt bekam ich rein gar nichts mehr mit.

Sirius schleifte mich wieder nach drinnen in den Nebentrakt, wo er mich in ein Aufwachzimmer brachte. Er legt mich wie die anderen Male aufs Bett und deckte mich zu. Da ich aber immer noch nicht bei mir war und einfach nur an die Decke starrte, jagte er Stromschnellen durch meinen Körper, die mich schmerzlich wieder in die Wirklichkeit schmissen. Schwer atmend und mit einem lauten Schrei, erhob ich mich und suchte den Raum panisch nach Tia ab. „Wo ist sie?" „Bleib liegen oder..." Sirius hob seine Hand und ließ kleine Blitze aus ihr erscheinen. Obwohl ich bei dieser Drohung keinerlei Angst verspürte, fing ich an zu zittern. Vom ihm dauernd unter Strom gesetzt zu werden, tat meinen Nerven eher weniger gut. Ich versuchte ruhig an die Sache ranzugehen und jetzt nichts unternehmen, was meiner körperlichen Verfassung noch mehr Schaden würde. Konzentriert atmete ich ein und versuchte irgendwelche brauchbaren Informationen aus Sirius zu entlocken. „Wir hatten einen Deal. Ich gehe mit dir und du lässt sie gehen", sprach ich ernst. „Keine Sorge. Ich habe mich an den Deal gehalten. Jack ist gerade dabei Tia nachhause zu fahren." „Wieso sollte ich dir glauben?" Ungläubig starrte ich an und versuchte durch sein Verhalten rauszufinden, ob er log. „Gegenfrage! Wieso sollte ich dich anlügen. Ich habe dir doch schon gesagt, dass Tia mir nichts bringt. Sie war nur ein Mittel zum Zweck. Glaub mir!" Ich nickte nur und er betätigte einen Schalter, wodurch sich Handschellen um meine Handgelenke schlossen. Doch ich tat nichts, sondern sah ihm nur hinterher. „Was hast du jetzt mit mir vor?" Fies lachend ging er aus dem Raum und ich hörte nur noch wie er sagte: „Das wirst du schon noch sehen." Frustriert ließ ich mich nach hinten fallen und sagte leise vor mich hin. „Aber ich glaube dir nicht, denn ich kenne die Zukunft!" Eine Träne lief bei diesem Satz an meiner Wange hinunter, während ich an die Vision dachte.

# Kapitel 30

Als Sirius gegangen war, war ich trotz meiner Angst vor dem kommenden schnell eingeschlafen. Der Tag hatte mir auch meine letzte Kraft geraubt, die ich aufladen musste. Schlaf hätte mir deswegen sowieso gutgetan. Am nächsten Morgen erwachte ich relativ spät wieder aus meinem doch erholsamen Schlaf. Jedenfalls schätze ich, dass es schon Nachmittag sein müsste, da die Sonne mitten am Himmelszelt stand. Wundern tat es mich schon, dass die Sonne im November schien aber das Wetter hatte sowieso seinen eigenen Willen. Durch das große Fenster im Aufwachraum sah ich zudem auch, dass der Schnee immer noch die Landschaft bedeckte. Es schien also trotz der Sonne, noch recht kalt zu sein. Müde wendete ich meinen Blick nun vom Fenster ab und schaute auf meine Hände, die immer noch von Handschellen umschlossen waren. Meine Handgelenke waren mittlerweile schon wund und Blutergüsse waren zu verzeichnen. Genervt versuchte ich meine Hände aus den Handschellen zu befreien aber durch das Bewegen meiner Hände scheuerte ich die wunden Stellen nur noch mehr auf und mittlerweile schmerzten meine Handgelenke auch, weswegen ich aufhörte und es sein ließ. Stadtessen schaute ich mich neugierig in dem Raum um und versuchte irgendwas zu finden, was mir nützlich zu meiner Flucht sein sollte. Allerdings fand ich nichts, was mir bei meiner Flucht helfen könnte. In dem Raum stand nur ein Krankenbett. Der Rest des Raumes war frei geräumt. Was allerdings auch Sinn machte, da das Bett, dass in der Mitte des Raumes stand, schon ziemlich viel Platz einnahm. Da ich mich nun nicht befreien konnte und auch niemand, wie es schien, kommen würde, versuchte ich Nagini zu mir zu führen. Wir waren ja schließlich miteinander verbunden. Ich schloss also meine Augen und konzentrierte mich auf die Stille im Raum. Jedes kleinste Geräusch nahm ich wahr und leise spürte ich wie mein Herz nach seiner zweiten Hälfte suchte. In Gedanken ging ich durch alle Räume, die ich betreten hatte und suchte nach ihr. Schließlich sah ich sie wie sie gerade dabei war, ein paar Sicherheitsleute auszuschalten. *„Nagini, komm in den Nebentrakt und hilf mir. Diese Morde kannst du auch noch wann anders vollenden"*, bat ich sie in Gedanken. Auch wenn ich nur geistig vor Ort war, hörte sie mich und schlich los. Nun öffnete ich wieder meine Augen und lächelte erleichtert. *„Gleich würde sie kommen."* Im nächsten Moment jedoch zuckte ich zusammen, da ich Schreie von außerhalb der Tür hörte. Es hörte sich so an, als würde jemand um sein Leben schreien und das tat er auch denn nur Sekunden später verstummte er und fiel zu Boden. Dank meiner übermenschlichen Sinne war es so als wäre ich grade live vor Ort am Mord dabei gewesen, obwohl er weit entfernt war. Tränen bildeten sich in meinen Augen, weil es keiner von den Bösen hier war. Es war ein Gefangener. So wie ich. Angst und Mitleid empfand ich in diesem Moment. *„Ich darf nicht noch mehr Zeit verlieren, sonst sterben noch mehr. Ich muss Sie retten."* Fest überzeugt war ich davon alle retten zu können, auch wenn dies nie möglich sein würde. Wut stieg in gleicher Zeit in mir auf. Wütend kreischte ich: „Lasst mich gehen. Lasst mich gehen." Dann öffnete sich die Tür und ich stoppte abrupt mein Geschreie. Wütend atmete ich laut aus und musterte Sirius, der gerade die Tür reingekommen war. „Sei ruhig. Du beunruhigst hier noch alle anderen Patienten. Du machst sie nervös", keifte er mich an. Fassungslos starrte ich an und lächelte sarkastisch vor mich hin. „Patienten", flüsterte ich lachend. „Hach...ja stimmt...Patienten", sagte ich wieder so ruhig aber dieses Mal mit starkem sarkastischem Unterton. Dann wurde ich lauter und meine sarkastische Art wandelte sich um in eine wütende Art. „Patienten? Du meinst wohl eher Gefangene", schrie ich ihn nun an und er zuckte zusammen. Doch einschüchtern tat es ihn nicht. Gereizt kam er nun zu mir. Als er vor mir stand, holte er mit seiner Hand aus und verpasste mir eine Ohrfeige. Mein Kopf schellte zur Seite und meine Haare, die nicht mehr gebunden waren fielen mir ins Gesicht. „Ich habe gesagt, du sollst ruhig sein", gab er warnend von sich. Ich lächelte nur hinterlistig, was er aber nicht sah da meine Haare mein Gesicht verdeckten. Langsam drehte ich meinen Kopf zu ihm, während meiner Wange immer noch pochte aber ich ignorierte den Schmerz. „Ich werde dir niemals gehorchen und mich ergeben", sagte ich ernst. Er schien dies mir aber nicht zu glauben und strich meine Haare beiseite. Er setzte sich halb neben mich auf das Bett. Dann legte er zwei Finger unter mein Kinn und hob meinen Kopf ein bisschen an. Lächelnd musterte er mein Gesicht bis ich meinen Kopf angewidert wegdrehte. Leider machte ihn das nur wütender und er drehte meinen Kopf wieder gewaltsam zu ihm. Seine eine Hand drückte gegen mein Kinn sodass ich meinen Kopf nicht bewegen konnte. Angewidert schloss ich meine Augen und im nächsten Moment spürte ich seine trockenen Lippen auf meinen.

# Kapitel 31

Da ich den Kuss nicht erwiderte, ließ er mit der anderen Hand, die er auf meinen Oberschenkel gelegt hatte, Stromschnellen durch meinen Körper laufen. Er machte es so lang, bis ich schreiend meinen Mund öffnete. Diese Gelegenheit nutze er und drang mit seiner Zunge in meinem Mund ein. Meine Augen waren weit aufgerissen und ich versuchte irgendwie meinen Mund zu schließen während ich gedämpfte Schreie von mir gab. Da er aber wollte das ich still bin, grub er seine Finger in meinen Oberschenkel und die Stromschnellen wurden wieder stärker. Auf einmal fiel mir ein, wie ich das Ganze zu meinem Vorteil nutzen konnte. Auch wenn ich mich dazu mehr als überwunden musste, erwiderte ich nun den Kuss. Ich ließ den Zungenkuss immer leidenschaftlicher werden, sodass er seine Hand lockerte und die Stromschnellen sich auflösten. Er fuhr mit seiner Hand weiter zu meiner Hüfte und mit der anderen umfasste er nun sanft meinen Hals. Dann löste er sich aus dem Kuss und ich sah die Lust in seinen Augen aufflammen. Er fing an meinem Hals zu küssen. Ich nutze die Gelegenheit, in der er nicht bei Sinnen war und biss ihn in den Hals. Sichtlich erschrocken schrie er auf und versuchte sich zu befreien aber es gelang ihm nicht. Zu stark hatte ich mich festgebissen und als er durch Stromschnellen versuchte mich dazu zu bringen von ihm abzulassen, riss ich ihm ein Stück Fleisch raus. Dann ließ ich von ihm ab. Die Wunde an seinem Hals blutete und mein Mund war auch mit Blut versehen. Gefährlich grinste ich ihn an, während sein Blut aus meinem Mund lief. Schreiend drückte er seine Hand auf die Wunde und stand hektisch auf. „Du Miststück. Du bist doch krank." Wütend und auch ängstlich ging er raus. Als er den Raum verlassen hatte, fiel ich erleichternd nach hinten und wischte mir meinen Mund an dem Kissen ab. Danach musterte ich schwer atmend den Raum. Doch meine Freude ließ nach als ich die Schritte der Ärzte hörte. Sekunden später als ich die Schritte vernahm, betraten sie nun auch den Raum. Es waren insgesamt drei Ärzte und ein Laborant, die sich nun um mich versammelten. „Weißt du...", fing der eine Arzt an zu reden, während er eine Spritze ausfüllte. „Wir könnten es so einfach haben. Lass es einfach über dich ergehen und gib auf. Dann bist schneller hier raus als du denken kannst. Du musst uns dafür einfach nur unsere Arbeit tun lassen. Deine Kräfte sind für Sirius bestimmt. Wenn du ihm nicht oder uns nicht gehorchst, dann kann er dein Aufenthalt hier auch noch schlimmer gestalten." Augenrollend verdrehte ich die Augen und setze mich wieder auf. „Wie oft soll ich euch eigentlich noch sagen oder klar machen, dass ich euch nie gehorchen werde. Ich meine ist euch überhaupt klar, was ihr hier macht. Wieso gehorcht ihr ihm? Was hat er gegen euch in der Hand? Was verspricht euch? Was ist so wichtig, dass ihr ihm gehorcht und dabei helft Menschen zu quälen? Was gerechtfertigt eure Taten?" Nach meinen Vorwürfen war es ein paar Sekunden still und es schien tatsächlich so, als hätte ich sie zum Nachdenken angeregt. Ich hatte mit meinen Worten ins Schwarze getroffen doch sie vergaßen sie als Sirius den Raum betrat. Er sah sichtlich verärgert aus. Seine Wunde am Hals war mit einem Verband umwickelt, durch den das Blut zu erkennen war. Die Ärzte gingen wieder ganz normal an die Arbeit und taten so als wäre nichts geschehen. Jedoch wusste ich, dass ich mindestens einen mit meinen Worten dazu bringen werde, sich gegen Sirius zu stellen. Ich hatte ihnen die Augen geöffnet und einer von ihnen würde den Mut besitzen und nicht mehr stumm Sirius Befehlen gehorchen. Erst jetzt musterte ich Sirius Narben im Gesicht, die ich ihm vor ein paar Tagen verpasst hatte. Sie sahen immer noch aus wie am Anfang. Geschwollen, blutig doch das Gift, was durch mich in seine Blutbahn geraten war, breitete sich aus. Allerdings nur langsam. *„Einer der Laboranten musste einen Weg gefunden haben, die Wirkung des Gifts zu verlangsamen"*, dachte ich. Stoppen wird er es aber nie können, denn es gab kein Heilmittel gegen mein Gift. Er hat Sirius nur mehr Zeit verschafft aber am Ende würde das Gift sein Herz erreichen und er würde an einem qualvollen Tod sterben. Er würde sterben außer er schafft es meine Kräfte auf sich zu übertragen. *„Vielleicht hätte ich ihn nie diese Narben verpassen sollen, dann würde sein Ehrgeiz meine Kräfte zu bekommen, nicht so groß sein?"* Ich beschloss nicht weiter darüber meine Gedanken zu verlieren. Ich konnte die Vergangenheit sowieso nicht rückgängig machen.

# Kapitel 32

Ich beobachtete wieder den Arzt mit der Spritze. Er prüfte gerade, ob sie auch funktionierte und spritze den Inhalt ab in die Luft. Zufrieden nickte er und setze die Spitzte an meiner Pulsader an. Unsere Augen trafen sich und ich erkannte, dass er das ganz und gar nicht tun wollte aber eine Wahl hatte er nicht. „So wirst du niemals erreichen, dass er dir das zurückgibt, was er dir genommen hat. Ich kann dir dabei helfen", flüsterte ich ihm zu. Langsam glitt er in den Bann meiner stechend roten Augen und verlor sich in Ihnen. Natürlich wäre es zu leicht gewesen, wenn es einfach so funktioniert hätte und so durchkreuzte die Aufforderung endlich weiter zu machen von Sirius meinen Plan und er unterbrach den Blickkontakt. Er stach die Spritze in meine Pulsader und bevor ich das Bewusstsein verlor, sagte er noch: „Ich kann nicht." Doch Aufwachen tat ich nicht wie vorher festgebunden auf dem Behandlungsstuhl, sondern in Sirius Armen. Er trug mich im Brautstyle geradewegs zum Fahrstuhl, der ins Labor führte. Ich war mir nicht sicher, wie viel Zeit ich bewusstlos gewesen war und was sie mit mir in dieser Zeit angestellt hatten aber ich spürte höllische Schmerzen in meinem Magenbereich. Schmerzvoll verzog ich das Gesicht und legte meine Arme um meinen Bauch. Durch meine plötzlichen Bewegungen bemerkte Sirius das ich aufgewacht war und verschnellerte seine Schritte. Im Fahrstuhl angekommen, drückte er den Knopf, um uns ins Erdgeschoss zu gelangen. Ich hatte meine Augen weiterhin geschlossen, da die Schmerzen mir jede Kraft raubten. Der Schmerz war das einzige was ich nun wahrnahm. Als der Fahrstuhl hielt, ging Sirius hinaus und folgte einem schmalen Gang. Um den schmalen Gang herum befanden sich Glaswände und Türen aus Glas. Hinter den Glaswänden saßen Laboranten an ihren Arbeitstischen. Manche von ihnen hatten einen eigenen Arbeitsplatz, andere wiederum teilten sich ihren Arbeitsplatz und arbeiteten zusammen. Jeder schwer beschäftigt damit, was er gerade als Aufgabe bekommen hatte. Als ich kurz meine Augen öffnete sah ich sie alle fleißig arbeiten. Als ich allerdings sah, dass manche mit den Gefangenen rumexperimentieren und sie dazu zwängten ihre Kräfte/Gaben zu präsentieren, damit sie verstanden wie sie funktionieren und damit sie am besten wissen, wie sie Sie auf Sirius übertragen können, da war es um mich geschehen. Die Wut, die sich nun in mir aufbaute, ließ die Schmerzen verblassen und fraß sich in mein Herz. Sirius bemerkte meinen viel zu schnellen Puls und beschleunigte seine Schritte abermals. Als meine Wut an ihrem Höhepunkt war, erreicht Sirius einen Raum, in den er mich grob fast reinschmiss. Kurz bevor ich die Fassung verlor und ihm wahrscheinlich sein Gesicht aufgekratzt hätte, verschloss er die Tür zwischen uns. Dann verlor ich die Fassung. Wie eine wild gewordene Furie stand ich auf und hämmerte gegen die Tür. Immer wieder schlug ich darauf ein und brüllte, dass sie mich freilassen sollten aber alles brachte nichts. Das Glas war zu Dick, um es zerschlagen zu können und das bedeutete wiederum, dass Sie mich auch nicht hören konnten. Nach einer gefühlten Ewigkeit verging mir die Kraft und meine Stimme verlor sich im Raum. Dann spürte ich, dass jemand eine Hand auf meine Schulter legte und versuchte mich mit Worten zu beruhigen. Doch zu schwach war ich, um überhaupt wahrzunehmen, dass ich gar nicht allein in dem Raum war. Erschöpft knickte ich ein und bevor ich auf Boden fallen würde, fing er mich auf und legte mich auf ein Bett. Bevor ich das Bewusstsein verlor, merkte ich noch wie er mich zudeckte und mir sanft durch die Haare strich. Dann fiel ich in einen Schlaf, der schrecklicher nicht sein könnte, denn Alpträume plagten mich.

# Kapitel 33

Schreiend schreckte ich hoch und meine Atmung war beschleu-
nigt. Panisch durchsuchte ich den Raum nach dem Monster, dass
mich im Traum verfolgt hatte doch es war nicht hier. *„Ganz ruhig.
Du bist in Sicherheit. Es war nur ein Traum"*, sprach ich in Gedanken zu mir selbst. Jedoch klappte das gute Zureden nicht um
meinen Herzschlag zu beruhigen. Erst als jemand eine Hand auf
meine Schulter legte und versuchte mich mit genau den gleichen
Worten zu beruhigen, funktionierte es. Meine Atmung normali-
sierte sich und mein Puls verlangsamte sich. Erschöpft und immer
noch nicht ganz anwesend krallte ich meine Hände in meinen Haa-
ren fest und stützte mich mit meinen Ellenbogen auf meinen Beinen ab. Kurz schloss ich die Augen und spürte, wie jemand seinen
Arm um meine Hüfte legte und mich leicht an sich drückte. Ein
wohliges Kribbeln durchfuhr meinen gesamten Körper. Ich hatte
schon eine Vermutung wer dort mit mir im Bett saß aber sicher
war ich mir nicht. Ich versuchte mit dem ersten Satz aus unserem
letzten Gespräch herauszufinden, ob es der junge Mann mit den
strahlend blauen Augen war. „Warum bist du hier", fragte ich ihn,
während meine Augen immer noch geschlossen waren. Ich spürte
wie er leicht grinste. „Ich bin hier, weil ich anders bin", wieder-
holte er meinen Satz, den ich in unserem ersten Gespräch gesagt
hatte. Jetzt musste ich unweigerlich grinsen. Ich öffnete meine Augen und setze mich aufrecht hin. Ich verschränkte meine Beine zu
einem Schneidersitz und schaute neben mich. Er saß neben mir
unverändert und hatte seinen Arm immer noch um meine Hüfte
gelegt. Schüchtern lächelte er mich an, während ihm seine braunen
Haare ins Gesicht fielen. Ich erwiderte sein Lächeln und blickte

auf seine Hand, die ruhig an meiner Hüfte ruhte. „Weißt du, wenn wir schon so weit sind, kannst mir ja auch mal deinen Namen sagen." Zuerst war er verwirrt, weil er anscheinend komplett verplant hatte, dass er seinen Arm immer noch um mich gelegt hatte, bis er peinlich berührt seinen Arm wegnahm. Verlegen kratze er sich am Kopf und sein Blick galt der Bettdecke. „Ähm Adrian…Sorry für das gerade eben", sagte er schüchtern. „Schon gut. ich bin Rania", sagte ich freundlich. Er sah wieder auf und unsere Blicke trafen sich und da ich merkte das er immer noch nervös war, versuchte ich ihn aufzulockern. Konzentriert blickte ich in seine Augen und ich nahm auf einmal alles war. Seinen schnellen Herzschlag, seine nervöse Atmung. Langsam ging ich tiefer in seine Gedanken und er beruhigte sich. „Was war das gerade eben?" Rania: „Ich habe dich mithilfe meiner Augen beruhigt. Die stechende Farbe in meinen Augen sorgt dafür, dass sich die Leute beruhigen." Adrian: „Soll das bedeuten, dass du nur damit Leute beruhigen kannst?" „Nein. Ich kann sie auch dazu bringen, mir zu gehorchen. Sobald sie unter dem Bann meiner Augen stehen, tun sie alles was ich sage. Zudem kann ich auch in ihren Kopf eindringen und ihre Vergangenheit sehen oder sie so kontrollieren." „Also im Grunde genommen, kannst du sie hypnotisieren?" „Eigentlich geht meine Kraft weit über das Hypnotisieren hinaus aber wenn es so für dich leichter zu verstehen ist, dann ja." Er nickte und begann zu verstehen. „So jetzt wo du fast alles über meine Fähigkeiten weißt, solltest du mich auf mal aufklären!" Nun zögerte er, beim Bilden eines Satzes und fuhr sich durch die Haare. Unangenehme Stille bildete sich langsam zwischen uns aus und ich wollte nicht, dass sie bestehen bleibt. So sprach ich wieder zu ihm in der Hoffnung in aufzulockern. „Wovor hast du Angst?" Doch sein Blick verharrte wieder auf der Bettdecke, wie vorhin. Ich spürte das er gerade mit sich selbst rang aber irgendwas hielt ihn davon ab. Da ich mich selbst mal dazu bewegen musste mein Geheimnis zu erzählen, wusste ich wie schwer sowas ist. Trotzdem war ich enttäuscht. *„Hatte ich ihm nicht zu verstehen gegeben, dass er mir vertrauen kann?"* Als er immer noch nicht antwortete, erhob ich mich leicht eingeschnappt von unserem Bett und betrachtete das Zimmer, in dem wir waren. Die Tür sowie die Wände, durch die man den schmalen Gang sehen konnte, waren aus dickem Glas. Der Rest der Wände des Raumes war aus normalem Beton. Unser Zimmer hatte ein kleines Fenster und ein Bett befand sich inmitten des Raumes. Ich wusste nicht, warum Sirius mich mit Adrian in eine Zelle gesperrt hatte aber ich wollte auf keinen Fall, dass wir uns nur anschweigen. Ich raffte mich zusammen und gab ihm eine kurze Antwort. „Schon okay." Auch wenn man hörte, dass ich leicht eingeschnappt war, versuchte ich mir nichts anmerken zu lassen. „Es tut mir leid. Bisher wurde ich von den Leuten nur verraten, wenn ich ihnen mein Geheimnis anvertraut hatte", gestand er nun und sah mich an, während ich zum Rücken zu ihm stand. Teilnahmslos starrte ich durch die Glastür auf den schmalen Gang. „Ich dachte ich hätte dir bewiesen, dass du mir vertrauen kannst", sagte ich leicht enttäuscht und ließ den Blick nicht ab von der Glasscheibe. „Dir scheint es aber nicht allzu schwer gefallen zu sein, mir zu erzählen was du bist", stellte er fest und dachte das Thema sei damit beendet. Das war es aber in meinen Gedanken noch lange nicht. „Jetzt vielleicht aber früher...früher viel es mir genauso schwer, wie dir aber jetzt wissen ja sowieso alle davon...und dann fällt es einem natürlich leichter. Außerdem will euch allen nur helfen. Ich würde so eine Information nie einfach weitergeben, um dir damit zu schaden." Kurz überlegte er und atmete tief ein. „Versprichst du es mir?" „Ja", bestätigte ich ihm nochmal. Er erklärte sich einverstanden es mir zu erzählen und ich setze mich wieder zu ihm, während er zu erzählen begann.

# Kapitel 34

Doch was er erzählen wollte, fiel ihm immer noch sichtlich schwer. Ich umschloss, deswegen meine Hand mit seiner, um ihm Mut zu machen. Er drückte meine Hand kurz und begann dann zu erzählen. „Eigentlich ist es ganz einfach...Also, was ich damit meine ist, dass ich kein seltenes Wesen bin oder seltene Kräfte habe", berichtete er mir und stoppte kurz. Rania: „Warum fällt es dir dann so schwer darüber zu reden oder es zu sagen, was du bist", hakte ich nun nach. „Ich hatte eine schlimme Vergangenheit. Ich habe meine halbe Familie durch einen Vampirjäger verloren. Er hat Jagd auf uns gemacht und einen nach dem Anderen abgeschlachtet. Deswegen bin ich vorsichtig, was das anvertrauen meines wirklichen Wesens angeht. Wenn ich es jemanden sage, der nicht dichthält, dann erfährt er es vielleicht. Ich....bin ein Vampir." Als diese Worte seinen Mund verlassen hatten, verstand ich sofort warum er es mir nicht erzählen konnte. Jedoch war mir eins unklar. „Ok. Ich verstehe aber er kann dich sowieso hier nicht finden oder umbringen. Wir sind hier quasi in einem Hochsicherheitslabor mit tausenden von Sicherheitsleuten. Es ist unmöglich, dass er jeden hier ausschaltet und dich findet...Besonders da ich ja auch hier bin", sprach ich überzeugt mit einem Lächeln auf dem Lippen. Ich spürte, nun die Sicherheit in ihm langsam stärker werden. Die Angst war aber immer noch da. „Ich weiß, dass es eigentlich schlichtweg unmöglich ist aber ich hatte einfach Angst. Er hat bisher fast jeden meiner Familie gefunden. Ich weiß ja nicht mal, ob der Rest von ihnen gerade sicher ist. Der Rest meiner Familie hat sich überall auf der Welt verteilt, damit er nicht alle auf einmal findet. Ich habe keine Ahnung, wo sie sind und ob sie dort sicher sind." Traurig senkte er seinen Kopf und ich spürte eine starke Sehnsucht, die sich gerade in seinem Herzen ausbreitete. „Hey", sagte ich leicht mitfühlend und drückte seinen Kopf wieder nach oben. Sofort verlor er sich wieder in meinen Augen. „Es wird alles gut...Ok? Ich bin mir sicher deiner Familie geht es gut und dass er dich nicht finden wird. Ich werde dich beschützten." Leicht lachte er und drehte seinen Kopf beiseite, um nicht von dem Bann meiner Augen gefangen zu werden. „*Wahrscheinlich hatte er noch einige Geheimnisse, die ich nicht sehen sollte oder er hat zu schlimmes erlebt und will nicht das ich es sehe.*" „Eigentlich sollte es ja anders sein.... Eigentlich sollte ich dich beschützen, ich bin schließlich der Mann hier", sagte er schmunzelnd und lachte leicht wieder. „Weißt du wir können uns ja abwechseln", gab ich grinsend von mir. Dann schaute er wieder in meine Augen und sagte: „Danke...wirklich...es hat gutgetan, dass mal jemanden zu erzählen." „Gerne", erwiderte ich. Nun kam er meinem Gesicht näher, gab mir einen Kuss auf die Wange und zog mich an meiner Hüfte mit seiner freien Hand noch näher an sich. Lächelnd sah ich runter, um nicht in seinen strahlend blauen Augen zu versinken und spürte seine angenehme Wärme. Leider wurden wir dann von einem lauten Klopfen unterbrochen und ich sah zur Tür. Sirius stand dort mit einem Laboranten. Ich stand auf und ging zur Tür. Die Tür öffnete sich automatisch und Sirius kam rein. Adrian stellte sich schützend leicht hinter mich und mit einer Handbewegung machte ich ihm klar, er solle nicht einschreiten. Er verstand und blieb stehen. Sirius: „Tut mir leid, wenn ich euch in eurer Zweisamkeit stören muss aber ich muss Rania eben kurz entführen. Es wird Zeit, dass du mir deine Kräfte vorstellst." Während er mir diese Aufforderung zuteilte, klang er leicht eifersüchtig und fordernd. „Und was ist, wenn ich mich weigere", sagte ich und verschränkte dabei meine Arme. Kurz blickte er zum Laboranten, der mehrere Wunden am Körper besaß, und nickte ihm zu. Dieser kam nun auf mich zu. Er hielt einen kleinen Käfig in seiner Hand, der mit einem Lacken verdeckt war. „Dann werde ich sie töten", sagte Sirius scharf und deutete auf den Käfig. Der Laborant nahm daraufhin das Lacken ab und ich sah welches Wesen sich darin befand. „Nein", schrie ich, während ich Nagini erblickte. Total erschöpft lag sie im Käfig und rührte sich kaum. „Was hat er dir angetan", sprach ich in der Sprache, die nur sie verstand. Doch sie rührte sich kaum. Während die anderen mich verständnislos anblickten, weil sie kein Wort verstanden hatten, war ich außer mir. Wütend wollte ich auf Sirius einschlagen und dem Laboranten den Käfig aus der Hand reißen aber Adrian hielt mich an den Armen fest. Wütend versuchte ich mich aus seinem Griff zu befreien aber er war zu stark. Dann ließ ich nach und hörte auf mich zu wehren. „Du hättest sie nicht hierher mitnehmen sollen", sagte Sirius mir in einem ersten Ton und der Laborant ging mit dem Käfig wieder weg. Noch ein letztes Mal trafen sich die Blicke von mir und Nagini. Tränen flossen meine Wangen runter, als sie versuchte kläglich ihren Kopf zu erheben. Kreischend versuchte ich wieder mich loszureißen und sackte am Ende auf den Boden hinab. Der Laborant war weg, genauso wie Nagini. „Na los. Komm jetzt.", forderte mich Sirius auf und hielt mir seine Hand hin. Doch ich saß nur da und starrte wütend auf den Boden. Tränen verließen weiterhin meine Augen und Adrian ließ nun auch endlich meine Arme los.

## Kapitel 35

Doch als er meine Arme losließ, rannte ich nicht los wie es jeder erwarten würde. Ich saß einfach nur da und starrte den Boden an. Kälte umschloss mein Herz und ich stand nun widerwärtig auf. Ich spürte wie Adrians Blick auf meinem Rücken lag doch ich dachte nicht daran ihn auch nur eines Blickes zu würdigen. Ich legte meine Hand in Sirius seine und ließ mich von ihm mitziehen. Bevor sich die Tür hinter Adrian und mir schloss blieb ich stehen und sagte kalt: „Und ich dachte du würdest mich beschützten..." Adrian: „Aber...ich konnte nicht..." ich stoppte ihn. „Vergiss es einfach." Er ging zurück und beobachtete den Boden. Ich ging und die Tür schloss sich. Doch als ich von Sirius durch den schmalen Gang gezogen wurde, spürte ich wieder seinen Blick auf mir. Ich ging nur weiter und blieb erst stehen, als wir durch eine Glastür gelangten. Sie schloss sich wieder automatisch. Eine Laborantin stand auf und stellte sich mir vor. „Hallo mein Name ist Chiara. Schön, dass du uns als Experiment nun zur Verfügung stehst." Sie lächelte mich übertrieben freundlich an und bot mir die Hand weg.

Ich schnaubte nur lächerlich und drehte mich weg. „Oh. Es ist widerspenstig." Schnaubend drehte ich mich und riss meine Hand aus Sirius seiner. „Nein es ist tödlich", sprach ich dies grinsend mit dem Rücken zu ihnen. Chiara: „Was hast du gesagt Nr. 288." Augenrollend verdrehte ich die Augen. *„Wie klischeehaft wird es hier bitte noch werden. Jetzt werde ich schon auf eine Zahl herabgesetzt. "* Ich drehte mich wieder und sagte lächelnd: „Ach nichts." Chiara schaute mich zweifelnd an, drehte sich dann aber wieder zu Sirius. Sirius nickte ihr nur zu und ging dann. Er ließ uns allein. Sie und mich, in dieser abgedrehten Hölle. Als Sirius den Keller endgültig verlassen hatte, drehte sie sich zu mir. „So wollen wir ganz unten anfangen oder mittendrin." Rania: „Was?" Chiara lachte, weil ich sie nicht richtig verstanden hatte. „Ich meinte, ob du von Anfang an mir alles erzählst oder ob ich dir jedes einzelne Teil unter Gewalt erzwingen muss." Fragend hob sie eine Augenbraue hoch. „Eigentlich zieh ich keine dieser Sachen in Betracht." „Nun das kümmert mich reichlich wenig. Naja, dann müssen wir wohl zu den harten Methoden greifen. Hach....du hättest es so einfach haben können...Schätzchen." Während sie das sagte, ging sie zu einem kleinen Tisch auf dem Spritzen und Reagenzgläser bereitstanden. Sie tauchte die Spritze in ein Reagenzglas mit blauer Flüssigkeit und füllte die Spritze auf. Die Farbe der Flüssigkeit erinnerte mich an Adrians strahlend blaue Augenfarbe. *„Kann das ein Zufall sein oder besteht da ein Zusammenhang? "* Jedoch blieb mir keine Zeit weiter darüber nachzudenken. Dann kam sie wieder auf mich zu und sagte in einem fiesen Ton: „Keine Sorge, es wird nicht wehtun." Rückwärts stolperte ich leicht nach hinten und floh vor ihr, bis ich eine Blockade spürte. Fragend drehte ich meinen

Kopf nach hinten und sah zwei Laboranten. Ich war direkt in sie hineingelaufen. Sie hielten mich fest, bevor ich überhaupt bemerkte, dass sie direkt hinter mir standen. Panisch wand ich mich in ihren Armen und ihr Druck wurde nur stärker. Einer von ihnen hielt Chiara meinen Arm hin, damit sie die Nadel in meine Pulsader stechen konnte. Immer näher kam sie auf mich zu und grinste dreckig, während sie die Spritze bedrohlich in der Hand hielt. Wild strampelte ich mit den Füßen umher und versuchte meinen Arm aus dem Griff des Laboranten zu befreien. „Lasst mich los." Nun setze sie die Nadel an meiner Pulsader an und stach hinein. Kurz schrie ich auf und dann verschwamm mein Sichtfeld. Gleichgewichtslos fiel ich aus dem Armen der Laboranten und kniete nun auf dem Boden. Unsagbare Kopfschmerzen breiteten sich in meinem Kopf aus und ich kniff die Augen zusammen. Meine Augen fingen auf einmal an höllisch zu brennen und ich schreite vor Schmerzen auf. Weinend rieb ich mir die Augen und als ich schaffte sie unter großen Schmerzen zu öffnen, sah ich nur blutige Hände. Meine blutigen Hände. Panisch rieb ich mir wieder über die Augen aber dadurch wurde das Blut nur mehr. Chiara hielt mir dann einen Spiegel vors Gesicht. Vorsichtig blickte ich hinein und ich sah wie Blut aus meinen Augen floss. Es waren keine Tränen, es war Blut. Und je mehr Blut meine Augen verließen, desto schwarzer wurden meine Augen. Allerdings störte Chiara das keinesfalls. Anscheinend wusste sie nicht, dass sie damit die Legende vorantreiben wird. Mein Atem wurde schwerer und ich sah im Spiegel, wie das Schwarz meiner Augen durchbrochen und durch ein strahlend helles Blau ersetzt wurde. Immer mehr stach das Blau durch und am Ende war meine Augenfarbe strahlend Blau, sowie die von Adrian. Auch dann als der Prozess vollendet war, spürte ich noch immer stechende Kopfschmerzen. Mit zitterndem Knie stand ich nun auf und betrachtete geschockt meine Augen in Spiegel. „Wie hast du das gemacht? Wie war das möglich?" Chiara: „Das was ich dir gespritzt habe, ist ein spezielles Mittel, was dich dazu bringen wird uns zu gehorchen. Es enthält Viren, die sich in deinen Nervenbahnen festsetzten und dein Immunsystem schwächen. Diese Viren verursachen starke Schmerzen, wenn du nicht auf unsere Befehle gehorchst. Achja und deine Augen haben ihre kompletten Fähigkeiten nun verloren, es sind ganz normale blaue Augen." Fassungslos starrte ich weiter in den Spiegel doch mir fiel etwas auf, was ihr nicht aufgefallen war. Ich hielt den Spiegel näher an mein Gesicht und sah durch die strahlend blaue Farbe meiner Augen eine pechschwarze Schicht, die leicht durchschien. Scharf hielt ich die Luft an. *„Sobald die Viren weg sein würden, würde meine wirkliche Farbe wieder die Oberhand gewinnen. Es würde also nicht mehr viel Zeit bleiben, um Tia zu retten"*, stellte ich fest. Chiara: „Ok. Ich denke, du hast dich nun lang genug betrachtet. Erzähl mir nun jedes einzelne Detail über deine Kräfte, damit ich weiß, womit wir es hier zu tun haben", forderte sie mich auf. Chiara riss mir genervt den Spiegel aus der Hand, den ich immer noch klammernd umfasste. Auffordernd blickte sie mich an und ich begann zu erzählen. Schließlich hatte ich keine andere Wahl.

# Kapitel 36

Doch ich erzählte nur das Grobste. Ich erzählte ihr davon, dass ich mit zehn meine Familie verlor, dass ich schon seit klein auf über meine Kräfte verfügte, dass ich vor kurzen erfahren hatte das ich eine Hexe bin, dass es über mich eine Legende gibt und zu guter Letzt von der Kraft meiner Augen. Aber von Nagini und meinen wahren Kräften, die nach Tias Tod erscheinen würden, erzählte ich ihr nichts. Wahrscheinlich hätte Sirius ihr das sowieso erzählt. Nachdem ich sie über das gröbste aufgeklärt hatte, notierte sie sich alles in ihrem PC. Sie saß auf einem Stuhl mit dem Rücken zu mir gedreht und tippte meine Informationen in eine elektrische Akte. Da wir nun allein in dem Raum waren und ich unbedingt dort wegmusste, schlich ich langsam zurück. Aus dem Plan sich langsam davonzuschleichen wurde aber leider nichts. Sie vereitelte meinen Plan, in dem Sie sich probt umdrehte und mich aufforderte ihr zu folgen. Ich blieb sofort stehen, sodass sie von meinem heimlichen Fluchtversuch nichts bemerkte. Extra langsam folgte ich ihr nun, um mir das Labor nochmal genau anzuschauen. Ich merkte mir in welchem Raum wir waren, wo mein Zimmer war und wo wir überall vorbeiliefen. Nur um schnellstmöglich wieder hinaus zu finden, falls mir eine Flucht gelangen würde. Tief prägte ich mir alle kleinen Details des Ganges und der Untersuchungszimmer ein. Dadurch dass alles aus dickem Glas war, konnte ich durch die Wände des Ganges die anderen Laboranten arbeiten sehen. Meistens waren sie in Teams in einem Raum und unterhielten sich, manchmal aber auch allein mit einem Gefangenen. Auf der anderen Seite des Ganges sah ich die Zellen, wo Gefangene drin schliefen oder nervös und panisch hin und her rannten. Unsicher darüber, was sie heute erwarten würde aber Hoffnung besaßen auch diese nicht. Alle von denen Gefangenen hier unten hatten wie ich strahlend blaue Augen. Sie waren in der Macht der anderen. Vielleicht besaßen Sie ja auch deswegen keine Hoffnung mehr, denn selbst, wenn sie fliehen könnten, würden die, die Sie steuern daran hindern, es zu tun. Vielleicht raubt einem das die Hoffnung, wenn du kein eigener Herrscher mehr über deine Gefühle und Taten bist. Es würde auf jeden Fall erklären, wieso Adrian mich daran hindern wollte von ihnen nach unten gebracht zu werden. *„Ich war die, die alle retten muss und ohne Hoffnung, ferngesteuert von anderen, wäre ich genauso gefangen wie sie. Wie sollte ich sie so retten?"* Kurz schloss ich meine Augen und das ganze zweifeln und die Angst vor dem Ungeschehenen bereiteten mir Kopfschmerzen. Mit geschlossenen Augen folgte ich weiter Chiara. Durch meine überdurchschnittlichen Sinne konnte ich selbst Blind alles hören und spüren. Ich konzentriere mein Hören auf ihre Schritte und blendete alle anderen Geräusche aus. Klick, Klack, Klick, Klack. Die Geräusche ihrer hochhackigen Schuhe erfüllten den Gang, der mir unendlich erschien, mit einem Echo. Allerdings würde der Schall das Echo der Geräusche nur weitertragen bis zur nächsten Glaswand. Weiter würde es nie gehen, da der Schall durch dieses Glas nicht kommt. Klick, Klack, Klick, Klack. Ihre Schritte wurden langsamer und in der nächsten Sekunde verstummte der Klang ihres Gangs. Blitzschnell schnellten meine Augen auf und ich sah, wie sie mich abwartend musterte. „Du kannst dich ausruhen, wenn wir mit allem fertig sind. Komm jetzt." Anscheinend war sie der Meinung, ich wäre kaputt oder müde. *„War sie sich nicht darüber im klarem, zu was meine Sinne fähig waren?"* Skeptisch blickte ich ihr in die Augen, während ich in den von Glaswänden umhüllten Raum eingetraten war. Kurz nach dem ich eingetreten war, schloss Sie die Tür hinter uns und bat mich Platz zu nehmen. Zögerlich setze ich mich auf den einen Stuhl. Das Zimmer hatte zu den anderen kaum einen Unterschied. Ein Schreibtisch, ein PC, viele Reagenzgläser, mit irgendwelchen Flüssigkeiten, ein Liegebett und zwei Stühle. Erst als ich den Raum musterte fiel mir auf, dass Sirius an einer Glaswand neben dem Schreibtisch lehnte und seine Ohren unserem bevorstehenden Gespräch lauschten. Chiara setze an doch bevor sie auch nur einen Ton sagen könnte, ertönte eine laute Sirene. Hektisch sprangen ihre Augen zwischen mir und Sirius hin und her. Blitzschnell lief sie zum PC und begann wild irgendwelche Befehle einzugeben. Ich blieb sitzen und rührte mich nicht. Nervös löste Sirius sich von der Wand und blickte mit auf dem PC. Kurz sah ich die Umrisse von dem Labor und einzelne Aufnahmen von Überwachungskameras. „Wie konnte das passieren", fragte Sirius entsetzt und setze sich schnell in Richtung des Fahrstuhls ab. Chiara folgte ihm und befahl mir mich nicht zu rühren. Erst als sie die Tür geschlossen hatte und beide in dem Fahrstuhl verschwunden waren, wollte ich mich aufsetzten. Langsam versuchte ich aufstehen, was starke Schmerzen in meiner Kopfgegend ausbreitete. Vage erinnerte ich mich wieder an die Viren, die mich an allem falschen Taten hindern würden. Leise zischte ich auf und setze mich wieder hin. Ich ließ meinen Blick durch den Raum schweifen und fühlte mich gefangen. Dabei war ich es nicht. Ich hatte keine Handschellen um, niemand war hier, um mich zu bewachen, ich war allein. Ich war nicht gefangen aber ich konnte trotzdem nicht aufstehen. Die Schmerzen, die die Viren verursachten lähmten mich. Chiara hatte den PC angelassen und ich schaute zu, wie die Gefangenen einer nach den anderen aus den Zellen entwischt. *„Irgendjemand musste es geschafft haben, in den Sicherheitsraum zu gelangen. Aber ob sie alle lebend aus diesem Gefängnis entkommen würden"*, bezweifelte ich. Nach ein paar kurzen Sekunden wurde mein Wille wieder stärker. *„Es ist meine Aufgabe zu sorgen, dass sie es alle schaffen. Ich muss sie alle retten! Stattdessen sitze ich hier und schaffe es nicht mich zu bewegen!"* Ärgerlich und wütend über mich selbst raffte ich mich trotz aller Schmerzen auf und ging zum PC. Ich ließ mich auf dem Stuhl fallen und klickte mich durch die Aufnahmen. *„Nach was ich suchte? Was ich hoffte zu finden? Vielleicht einen Schimmer, der mich dazu brachte alles zu geben, um diese Leute zu retten. Ich kannte sie ja nicht mal. Also warum setzte ich mein Leben für sie aufs Spiel? Was wollte ich mir beweisen? Was wollte ich ihnen beweisen?"* Ich wusste es nicht, dennoch war da dieser Wille. Der Wille ihn zu retten und sie. Er ist da und er bleibt egal wie sinnlos mir dies alles erscheint, denn alle werde ich nicht retten können. Mein Gedankengang wurde unterbrochen, von ein paar Augenpaare, die mich durch die Kameras anblickten. Verdutzt sah ich durch die Kamera in seine Augen. Er blieb wie angewurzelt stehen und alle die grad am wegrennen waren auch. Es war als würden Sie alle durch meinen Blick hypnotisiert sein aber möglich konnte das nicht sein. *„Die Kräfte meiner Augen waren nie so stark und außerdem hätten sie ja auch gar nicht mehr da sein müssen. Meinte Chiara das nicht?"* Tief atmete ich ein und akzeptierte diesen merkwürdigen Zufall. Nachdenklich versuchte ich meine Gedanken zu Sätzen zu ordnen. „Könnt Ihr mich hören?" Wie Roboter nickten sie alle gleichzeitig. „Gut. Hört mal ich weiß, Ihr wollt alle lebend hier rauskommen doch so einfach wird das nicht. Sirius hat euren Fluchtversuch bemerkt. Bald werden Sicherheitsmänner auftauchen und falls Ihr sie tatsächlich überlisten könnt, es bis nach draußen schaft, sind da immer noch die Hunde. Was ich damit sagen will, euch muss bewusst sein, dass nicht jeder es schaffen kann. Es wird immer Opfer geben und ich will nur wissen, ob Ihr bereit seid, dieses Risiko einzugehen. Könnt Ihr das riskieren?" Wieder nickten alle und dann stürmten sie los. Manche von Ihnen rannten direkt zum Ausgang, andere stürzten sich auf Wachmänner und Sicherheitsleute und andere liefen in den Untersuchungstrakt, um auch diese Menschen zu retten. Und bisher verlief der Plan ohne große Verluste. Wir waren in der Überzahl und ich hatte Ihnen ein Teil Ihrer Hoffnung zurückgegeben.

# Kapitel 37

Doch nach kurzer Zeit fiel mir auf was wir vergessen hatten. Uns. Die Wesen hier unten. Schnell suchte ich in dem PCP nach dem Lageplan. Nach ein paar Klicks und ungeheuerlichen Kopfschmerzen, die die Viren verursachten, fand ich was ich suchte. Schnell versuchte ich mir den Plan für den Keller ins Gedächtnis zu prägen. Danach suchte ich in der Befehlsleiste, wie man die Zellen im Keller öffnete. Etwa zehn Minuten verstrichen bis ich ein Programm fand, dass für die Verriegelung der Türen sorgte. Natürlich war es klar, dass wieder etwas dazwischenkommen würde und so verlangte das Programm ein Passwort. Unzählige Kombinationen gab ich nun ein doch keine war die richtige. Stöhnend rieb ich mir die Schläfen und stützte meinen Kopf in die Hände. Kurz sah ich vorbei an dem PC zu den Laboranten und den Gefangenen bei ihnen. Allerdings arbeiten sie alle seelenruhig und beachteten das Chaos und die immer noch schrillende Sirene über ihren Köpfen nicht. Wahrscheinlich, weil sie wussten, keiner ihrer Gefangenen würde fliehen. Sie hatten schließlich keinen eigenen Willen mehr. Ich fokussierte meinen Blick wieder auf den PC und das blinkende Passwort-Kästchen. Plötzlich erinnerte ich mich an die Nummer, die ich am Anfang bekommen hatte. *„Meistens ist es das was man liebt"*, schoss es mir durch den Kopf und ich gab in die Befehlsleiste die Nummer "-288-" ein. Obwohl ein Passwort meistens mit vier Zahlen geschützt wurde, war es hier nicht der Fall und mit einem grünen Blinken über jeder Zelle öffnete diese sich. Mit einem Lächeln ging ich zu den Zellen und erwartet, dass die Gefangenen rausrannten doch auch dies war nicht der Fall. Alle blieben stehen oder Taten so als wäre die Zelle nicht offen. „Na los. Flieht schon", schrie ich schon fast gereizt durch den Gang, sodass die Laboranten es hätten hören sollten. Dennoch trugen die dicken Glaswände meine Stimme nicht hindurch und mein Befehl schallte nur im Gang wieder. Zudem bewegten auch die Gefangenen sich nicht. Den Schmerz, den ich zuerst im Kopfbereich empfand wurde nun in meinen Hals verstärkt und er begann zu brennen. Ich ging zu meiner Zelle wo Adrian auf dem Bett saß und sein Blick auf die offene Tür richtete. „Wieso fliehst du nicht? Wieso flieht ihr nicht?", stellte ich ihm die Frage während mein Hals bei jedem Wort schmerzte. Adrian: „Du weißt warum! Es sind die Viren. Sie hindern uns, durch Schmerzen." „Ich kann doch auch dagegen ankämpfen und die Schmerzen aushalten", sagte ich überzeugt. „Wir sind nicht Du. Ok?!", schrie er schon beinahe aufgebracht und stand auf. Dann fuhr er fort: „Wir sind nicht so stark wie du! Wir sind nicht so überzeugt wie du, dass dein Plan gelingen wird. Ich will nicht sagen, dass wir dir nicht glauben oder vertrauen…wir haben einfach nur Angst. Ich meine, manche von denen hier unten haben sogar ihre Kräfte schon verloren. Entweder durch die Viren oder durch die Experimente. Glaubst du sie würden nochmal mehr aufs Spiel setzen oder sich gegen die Viren stellen. Sie sind nur noch Menschen." Wütend und hoffnungslos fuhr er sich durch seine braunen Haare und blickte nun zu mir, während er davor die ganze Zeit im Kreis gerannt war. Zuerst wusste ich nicht, was ich auf seine Ansage antworten sollte. *„ Wir waren soweit gekommen und er bzw. Sie wollen jetzt einfach aufgeben?! Sie waren nur noch Menschen?! Was war das für eine Begründung? "* Kurzerhand beschloss ich genau dies zu sagen. „Ihr könntet es wenigstens versuchen. Ich meine, was ist denn das für eine Begründung? Ihr seid nur Menschen? Weißt du wie viele Menschen Helden waren? Wieso solltet ihr es nicht schaffen? Wieso gebt ihr so schnell auf, ohne es überhaupt versucht zu haben?" Verständnislos verschränkte ich die Arme und schaute ihn abwartend an. „Denkst du wirklich du kannst alle hier rausholen? Mit diesem Plan setzt du hunderte Leben aufs Spiel nur um ein paar retten zu können! Wie viel wurden wohl schon von den Hunden zerfleischt, wie viele von den Wachmänner getötet? Das bringt doch alles nichts!" Genervt und gereizt ließ er sich wieder aufs Bett sinken und schloss die Augen mit dem Gedanken er hätte diese Diskussion gewonnen. Seine Worte hatten mich getroffen auch wenn ich es nicht zugeben wollte. Niedergeschlagen seufzte ich auf und sprach: „Weißt du ich dachte du wärst anders. Von Anfang an und genau deshalb wollte ich dich retten...ich wollte euch retten, weil ihr anders wart...doch wie soll ich jemanden retten, der nicht gerettet werden will? Ist es wirklich die bessere Wahl weiter in Gefangenschaft zu leben, anstatt möglicherweise zu sterben, während man um seine Freiheit kämpft?" Doch statt zu antworten blieb er stur. Eine Träne verließ meine Augen. Eine Träne von Enttäuschung, weil ich dachte sie würden anders wählen. Ich hatte es mir alles anders vorgestellt. „*Wie konnte es so schieflaufen*", fragte ich mich innerlich und setzte zum Rückweg an. „*Ich musste ihnen helfen, ob mit oder ohne Ihnen hier unten. Aber würde ich mitgehen, wenn sie fliehen können?*" Ich wusste die Antwort sofort. „*Nein. Ich würde hierbleiben und dafür kämpfen, dass sie auch frei sein können!*" Kurz schaute ich noch zurück und sagte traurig: „Wo ist nur eure Hoffnung geblieben..." Dann ging ich zum Fahrstuhl. Vorbei an den offenen Zellen, vorbei an den hoffnungslosen Gesichtern, vorbei an die, die ich retten sollte und als sich die Fahrstuhltüren schlossen, stiegen die Schmerzen in meine Beine und ich ließ mich schmerzhaft auf den Boden sinken.

# Kapitel 38

Die Fahrt mit dem Fahrstuhl fühlte sich an wie eine Ewigkeit. Vielleicht weil ich gar nicht wollte, dass er stehen bleibt. Vielleicht weil ich gar nicht diesen Kampf erleben wollte. Leider kam der

Fahrstuhl dann schließlich doch zum Stehen und ich erhob mich schmerzhaft. Schon als ich die ersten Schritte durch den Untersuchungstrakt ging, hörte ich die schrillende Sirene durchsetzt von schreienden Wesen. Überall rannten Sicherheitsleute und Wachmänner herum und suchten die geflohenen Wesen. Manche von ihnen hatten schon welche wieder eingefangen und andere suchten noch immer. Schnell versuchte ich Deckung zu suchen, um nicht auch von ihnen gesehen zu werden. Blitzschnell rannte ich in einen Untersuchungsraum und schloss die Tür. Doch vielleicht hätte ich dies nicht tun sollen, denn schon als ich den Raum betrat, spürte ich eine starke Präsenz hinter mir. Bevor ich mich jedoch umdrehen konnte, schlang jemand seinen Arm um meinen Bauch und drückte mich an sich. Panisch versuchte ich mich zu befreien und stieß mit meinem Ellenbogen in seine Rippen. Schmerzvoll schrie er auf und lockerte seinen Griff. Diese Gelegenheit nutze ich und riss mich aus seiner Umklammerung. Ich drehte mich schlagartig um und lehnte mich an die Tür. Vor mir erblickte ich einen Wachmann, der sich krümmend den Bauch hielt. Außer Atem versuchte ich mich zu konzentrieren und flüchtete aus diesem Raum, bevor er wieder bei Sinnen war. Nachdem ich die Tür hinter mir geschlossen hatte, rannte ich einfach nur durch den Untersuchungstrakt ins Hauptgebäude. Hier war es stiller, was mich schließen ließ, dass es noch nicht viele Wesen aus dem Untersuchungstrakt ins Hauptgebäude geschafft hatten müssen. Die Wesen waren hier aber auch nicht mehr in ihren Zellen. Die meisten hatten es schon raus geschafft, wurde aber von den Hunden zerfleischt oder von den Laserstrahlen erfasst. Ich schätze das es nicht viele Überlebende gab, die ganz fliehen konnten und wenn waren sie schon über alle Berge. Langsam schritt ich zur kleinen Tür umfasste mit meiner Hand die Klinke. Von draußen hörte ich schon die knurrenden Hunde und Wesen, die um Hilfe schreiten. *„ Wie einfach es nicht wäre jetzt einfach zu fliehen. Warum muss ich denn mein Leben für Sie alle aufs Spiel setzen? Wird es nicht langsam Zeit an mich zu denken? Es wäre so leicht...einfach die Tür aufreißen und zu rennen...einfach rennen...aber wäre das noch ich?"* Erst jetzt wurde mir klar, dass weglaufen nichts bringen würde. Er würde mich wiederfinden und ich müsste dafür leiden, dass ich Sie alle im Stich gelassen hatte. Ich konnte nicht weglaufen. Nirgends würde ich sicher sein. Es war Zeit zu kämpfen. Zu fliehen war dieses Mal nicht die Lösung. Es war noch nie die Lösung. Außerdem musste ich Nagini retten. Wie ein Blitzschlag trafen mich meine Gedanken. *„Ich musste Nagini retten! Wie konnte ich dies vergessen?"* Sofort ließ meine Hand die Klinke los und ich schloss meine Augen. Es wurde Zeit zu zeigen, mit wem sie sich alle angelegt hatten. Auch wenn meine Kräfte geschwächt waren durch die Viren musste ich es versuchen. Ich stellte mich aufrecht hin und öffnete meine Hände. Ich konzentrierte mich und sprach den gefährlichsten Zauber, denn es unter uns Hexen gab. „Însetat de răzbunare, lăsați-l să ardă." Schon erschien über meinen Händen jeweils eine mittelgroße Feuerflamme. Ich wusste ich würde damit auch alle anderen in Gefahr bringen aber den meisten Wesen hier konnte Feuer nichts anhaben und ich würde ja auch nur einen Raum anstecken. Langsam öffnete ich die Augen und blickte in das knisternde Orange der Flammen. Es spiegelte sich in meinen Augen und dem Hass, der gerade in mir aufflammte. „Er wird dafür büßen!" Leise sprach ich zu den Flammen: „Răspândit." Die Flammen gehorchten und lösten sich in kleine Funken auf. Dann flogen sie durch die Tür zum Untersuchungstrakt, die ich vorher aufgelassen hatte. Es dauerte nur einige Sekunden und schon hörte ich die panischen Schreie der Wachleute. Durch meine übernatürlichen Sinne hörte ich wie sich das Feuer ausbreitete und versuchte alles in Beschlag zu nehmen. Kurz danach rannten die Sicherheitsleute zu mir in das Hauptgebäude. Sie wollten die Tür schließen doch mit einem scharfen Blick meinerseits lösten sich den Scharnieren und sie viel auf den Boden. Dann erblickten sie mich und bevor ich auch nur ansatzweise mich wehren könnte, landete eine Kugel in meinem Unterschenkel. Schmerzvoll schrie ich auf und fiel nach hinten auf den steinharten Boden. Zischend stand ich auf und sah wie sie alle auf mich zukamen. Bei mir angekommen richtete einer eine Waffe auf mich und zielte. „Es ist vorbei Rania. Gib auf." Eins vergaßen sie allerdings. Ich war nicht allein.

# Kapitel 39

Mit stechenden Schmerzen in meinem Unterschenkel richtete ich mich wieder auf, bis ich wieder auf beiden Beinen stehen konnte. Schwankend versuchte ich mein Gleichgewicht zu halten doch es gelang mir nicht. Gerade als ich jedoch zu Boden fiel, legte jemand einen Arm um meine Hüfte und stütze mich. Auch wenn ich mittlerweile wegen des vielen Blutverlustes nichts mehr richtig wahrnahm, sah ich wie einer nach den anderen der Gefangenen aus den offenen Zellen kam. Doch statt wegzulaufen, standen sie mir bei. Sie wollten mich beschützen, so wie ich sie beschützen wollte.

Mit ernster aber dennoch ängstlicher Miene musterten die Wachmänner die Wesen und die derzeitige Situation. Wir waren in der Überzahl, denn der Rest der Wachmänner war bereits in den Flammen erstickt. Ich hörte ihre Schreie und wie sie winselnd um Hilfe baten. Kurz atmete ich ein und schloss die Augen. Ich wusste bevor ich diese Wachmänner töten muss, musste ich noch Adrian und die anderen aus dem Keller retten. Die Flammen breiteten sich schon in den nächsten Raum aus und wenn es so weiter geht, werden die anderen im Keller ersticken durch den Rauch, der jede kleine Ritze durchdringt. Jedoch gab es ein Problem. Ich war geradezu bewegungsunfähig und würde niemals rechtzeitig oder lebend dort ankommen. Schnell sprach ich einen Zauberspruch, der für kurze Zeit die Zeit anhalten konnte. „Doar pentru câteva minute, lasă totul să se oprească." In wenigen Sekunden erstarrte die Zeit und kein Ton war mehr zu vernehmen. Ganz vorsichtig, als könnte er zerbrechen, nahm ich den Arm von demjenigen weg, der mich stützte. Es war ein Junge. Ich schätzte ihn auf 16 oder 17. Er hatte einen gut gebauten Körper. An seinem Geruch und seinen langen Nägeln erkannte ich ziemlich schnell um was für ein Wesen es sich handelte. „Ein Werwolf", stellte ich grinsend fest. Kurz fächelte ich mit meiner Hand vor seinem Gesicht herum, um sicherzugehen, dass Sie auch wirklich alle nichts mitkriegten. Mit schnellen Schritten lief ich nun durch die Tür und machte mich auf Weg in den Keller. Im Untersuchungstrakt sah ich wie weit das Feuer schon ausgebreitet war und ich sah Leichen. Sehr viele Leichen. Schnell ging ich weiter, um diesen Anblick nicht länger ertragen müssen. Als ich unten im Keller angekommen war, sah ich schon wie manche Wesen sich hustend auf den Boden stützten oder wie manche versuchten aus den Griffen der Laborantinnen zu entkommen. Vorher hatten sie keinen einzigen Willen doch jetzt wo ihr Leben auf dem Spiel stand, war alles anders. *„Anscheinend konnte man nicht alles mit dem blauen Serum vernichten. Der Wille zum Überleben bleibt. Jedoch ist er nicht bei allen gleich stark."* Schnell überlegte ich, wie ich alle retten konnte, bis mir einfiel, dass es ja einen Zauberspruch fürs teleportieren gab. Diesen konnten nur sehr mächtige Hexen anwenden und er kostet viel Kraft. Dennoch war ich fest davon überzeugt, ich könnte es schaffen auch wenn ich durch die Schusswunde, die weiterhin blutete nicht in einer allzu guten Verfassung war. Ich schloss die Augen und hielt meine Hände ein bisschen weiter weg von meinem Körper. Ich öffnete meine Hände und ließ die Magie durch meinen Körper strömen. Ich spürte die intensive Macht meiner Magie, die sich nun bündelte. „Luați-i pe toți la siguranță." Weißer schimmernder Nebel trat aus meinen Händen und umhüllte jedes Wesen. Der Nebel umhüllte die Wesen so sehr, bis man sie nicht mehr sah. Nach einer Weile lichtete sich der Nebel dann wieder und alle Wesen waren verschwunden. Auch Adrian erblickte ich nicht mehr in seiner Zelle. Erleichternd seufzte ich und sah prüfend in die Augen der Laboranten. Ja ich würde sie hier lassen aber sie würden nicht ersticken an den Rauch, der sie bald erreichen würde. Sie hatten durchaus schlimmeres verdient. Mit voller Wucht schleuderte ich einen Feuerball auf die leicht entflammbaren Chemikalien. Wutgefesselt blickte ich hinunter auf meine Hand aus der schwarzer Qualm kroch. *„Ich hatte schon wieder ohne Zauberspruch meine Kräfte eingesetzt"*, stellte ich fest und legte meine Hand auf meine blutige Wunde am Unterschenkel. Schwarzer Rauch kroch in die blutsickernde Wunde und verschloss sie von innen. Schmerzvoll schrie ich auch als der schwarze Rauch die Kugel aus meiner Wunde herausführte. Mit einem Klirren landete sie auf dem Betonboden und die Wunde begann sich ganz zu verschließen. Nach ein paar Sekunden öffnete ich wieder gespannt meine Augen und betrachtete meinen Unterschenkel. Doch von dem Blut und der Wunde war nichts mehr zu erkennen. Alles sah aus wie vorher. Erschöpft ging ich nach der Heilung wieder aus dem Keller und sah mich im Untersuchungstrakt um nach Nagini. Auch wenn mich sowieso niemand hörte, flüsterte ich: „Nagini bist du hier." Ich wusste nicht, ob sie mich hören konnte oder ob sie auch wie alle hier eingefroren war. Kurz stand ich nur regungslos im Raum und betrachtete das Feuer, was sich weiter rasend ausbreiten würde, sobald die Zeit weiterlief. Ich hörte schon das Knistern der Flammen, was mir zeigte, dass ich mich beeilen musste. Die Zeit würde bald weitergehen. Schnell wollte ich wieder in den Haupttrakt gelangen doch ein Zischen ließ mich innehalten. Und da sah ich sie, wie sie erschöpft im Käfig vom einem dieser Wächter lag. Schnell ging ich zu ihr und befreite sie aus dem Käfig. Erleichternd schlang sie sich um meine Beine bis sie schließlich an meinen Hals ankam und sich erschöpft darumlegte. Kurz streichelte ich ihren Kopf und konzentrierte mich dann auf ihre Heilung. Wie vorhin gelang schwarzer Rauch aus meinen Händen und strömte durch ihre Wunden in ihren Körper hinein. Nun schließte ich meine Augen und ließ der Magie ihr Wunder vollbringen. Als ich die Augen wieder geöffnet hatte und Nagini erblickte, erstrahlte sie wieder in ihrer vollkommenen Schönheit. Ich lächelte und ging dann wieder in den Hauptrakt und legte den Arm des Jungen, der mich gestützt hatte wieder um mich auch wenn dies jetzt nicht mehr nötig gewesen wäre. Kurz nachdem ich mich wieder auf das Weiterlaufen der Zeit einstellte, hörte ich auch schon die ersten Töne von dem knisternden Feuer und dann die Schreie. Kurz danach kam die Zeit wieder zum Laufen und alle Blicke der Wachmänner waren wieder auch mich gerichtet doch nun war die Angst größer und Verwunderung las man in ihren Augen. Der Junge folgten ihren Blicken mit derselben Verwunderung und entdeckte meine geheilte Wunde. „Wie hast du", wollte er wissen doch ich unterbrach in gleich. „Ich erklär es euch später aber jetzt müssen wir hier verschwinden", sagte ich in einen strengen Ton und alle nickten. Der Werwolf nahm seinen Arm von mir und rannte zeitgleich mit den anderen Wesen hier raus. Die Wachmänner hatten schon längst ihre Flucht angetreten, denn auch für sie war überleben wichtiger als auf Sirius Seite zu stehen. Als wir draußen ankamen, erwartete uns aber gleich die nächste Herausforderung.

## Kapitel 40

Ich schaute mich um und erblickte die Hunde, wie sie dabei waren alles und jeden zu zerfetzen. Ich schaute zu den Wesen und schenkte ihnen allen einen aufmunternden Blick und ließ Nagini auf den Boden sinken. „Vollende deine Rache." Sie gehorchte und schlich zu den Hunden. In der Zwischenzeit schaltete ich mit einem Zauber die Alarmanlagen aus. Nagini hatte die Hunde bereits zur Strecke gebracht und erfreute sich an dem frischen Fleisch. Nun waren alle Hindernisse aus dem Weg geräumt und die Freiheit in Sicht. Ich sprach zu den Wesen: „Es ist nun Zeit für euch zu gehen. Geht raus in die Freiheit und teilt allen meine Ankunft an. Geht zu euren Familien. Ich schaff den Rest hier allein." Auch wenn es ihnen schwer viel zu gehen, traten Sie mit einem Schimmer von Dankbarkeit in Ihren Augen den Rückzug an. Alle bis auf einer. Adrian. Ich blickte zu ihm und er kam auf mich zu. Ohne auch nur ansatzweise zu reagieren, fiel er mir um den Hals. Erleichternd drückte ich ihn an mich und erwiderte die Umarmung. Ein paar Minuten standen wir bestimmt umschlungen dar, als das Zerbrechen des Daches unsere Aufmerksamkeit anzog. Ich löste mich von ihm und blickte zur Lagerhalle, wie sie in sich zusammenbrach. Schutt und Asche würden am Morgen nur noch von ihr vorhanden sein und auch wenn es nicht alle geschafft haben, war das Böse ausgeschaltet worden. Alle bis auf einen. Ich blickte nun wieder zu Adrian, der mit meiner Haarsträhne spielte. Lächelnd mustere ich seine Handlung und nahm seine Hand in meine. Hand in Hand suchten wir alles um die Lagerhalle herum ab doch Sirius war wie vom Erdboden verschluckt. Angst und Trauer erfüllten mein Herz. *„Was, wenn all das jetzt umsonst gewesen war? Was wenn wir ihn nicht finden können? Er darf nicht nochmal entkommen!"* Meine Gedanken machten mich müde und zerrten an meiner letzten Kraft, die ich noch besaß. Adrian sprach zu mir: „Mach dir nicht so viele Gedanken. Wir werden ihn schon finden und deine Tochter auch." Verwirrt blickte ich an. „Woher weißt du von Tia? Adrian: „Ich kenne Jack von früher, als ihr noch in Brooklyn gelebt habt, als ich noch frei war. Dort waren Jack und ich gute Freunde, bis er wiedermal umziehen musste. Er hat mir in dieser Zeit alles von dir und deiner Tochter erzählt." Rania: „Als wir uns das erste Mal gesehen haben, hat es aber so gewirkt als würdest du mich nicht kennen!" Adrian: Das tat ich eigentlich auch nicht. Er hat mir nur erzählt du wärst eine gute Freundin von ihm aber musstet viel durchmachen. Du und deine Tochter. Von deinen Kräften hatte er nie was erwähnt und ich habe von meinen nie was erwähnt. Aber als ich dich dann hier sah, war mir klar, dass du diejenige warst von der er damals sprach." Adrian lächelte als er an die Vergangenheit dachte. „Er schien dir viel bedeutet zu haben und mir war er auch mal ein guter Freund, bis er mich verraten hat. Er ist schuld, dass Tia in Sirius Hände gekommen ist. Er hat sie hierhergebracht." Wut kam wieder in meinem Herzen auf und ich ging weiter zu einem schwarzen Van der hinter dem Zaun stand. Adrian folgte mir und konnte das was ich sagte anscheinend nicht glauben, denn er schwieg bis ich stehenblieb und mich an den Van lehnte. „Ich kann mir nicht vorstellen, dass er sowas getan hat. Jedenfalls nicht freiwillig." „Was sollte Sirius ihm den bieten, was wichtiger war als seine Freunde?" Abwartend schaute ich Adrian an. „Seine Gesundheit oder wusstet du nicht das er krank ist?" Geschockt starrte ich ihn an. Erst nach ein paar Sekunden hatte ich die Nachricht verdaut und mir wurde klar, warum er all das getan hatte. Warum er uns verraten hatte. „Sirius muss ihm ewige Gesundheit versprochen haben", stellte ich fest. „Also wusstest du es nicht", fragte Adrian. Ich schüttelte nur den Kopf. „Ich werde mit ihm darüber reden, wenn alles vorbei ist." Adrian nickte nur und nahm mich nochmal in den Arm und auch wenn wir uns beeilen musste, weil Tia immer noch in Gefahr war brauchte ich grad diesen Moment, wo alle Zeit einzufrieren schien. Erst Minuten später löste ich mich und stieg in den Van. Adrian tat es mir gleich und stieg auf der Beifahrerseite ein. Der Schlüssel des Vans steckte zu meinem Glück noch und ich fuhr los. Ich beschloss zu dem anderen Lagerhaus zu fahren, in dem ich am Anfang gefangen war. Das war der einzige Anhaltspunkt, den wir hatten. Während der Fahrt unterhielt ich mich mit Adrian und erfuhr mehr über seine Vergangenheit. Er erzähle mir, dass er aus einer angesehenen Familie stammte, wo alle Vampire waren. Seine Lieblingsbeschäftigung war es zu lesen und zu zeichnen. Ich versprach ihm währenddessen auch, dass ich helfen würde, seine Familie wiederzufinden, wenn all das vorbei ist. Wenn ich Sirius besiegen kann, kann ich es auch schaffen einen Vampirjäger zu finden. Das müsste dann ein leichtes sein. Adrian war sich nicht so sicher aber er würde mich sicher nicht allein gehen lassen und davon abzubringen war ich nicht mehr. Nach einem weiteren Gespräch waren wir auch schon beim Lagerhaus angekommen. Adrian war mir nun noch sympathischer geworden. Seine Art schaffte es mich immer wieder zu beruhigen. Kurz checkte ich meine Augen im Rückspiegel und blickte in strahlendes Blau. Die Viren waren bei mir immer noch vorhanden doch bei den anderen Wesen waren sie schon längst wieder ausgelöscht. In dem sie den Viren den Kampf angezeigt hatten und ihr Wille wieder stärker wurden, starben sie. Sie alle hatten wieder ihre normale Augenfarbe, auch Adrian. Nun blickte dieser mich mit seinen braunen Augen auffordernd an. Ich grinste und stieg aus dem Wagen. Zusammen gingen wir zu dem Lagerhaus, während ich Adrian bat den Sicherheitsraum zu suchen, um die Gefangenen freizulassen. Er weigerte sich strikt mich allein zu lassen doch ich überredete ihn dann doch schließlich. Als ich die Türklinke runter-

drückte und sie quietschend aufging, ging Adrian gleich das Lagerhaus absuchen. Von Sicherheitsleuten war weit und breit nichts
zu sehen. Ich schaute ihm hinterher bis ich ihn verschwinden sah
in einen kleinen Raum. Nun setzte auch ich meinen Weg fort und
als ich zur Treppe schlich, die in den Keller führte, kam mir meine
Vision wieder in den Sinn. Denn heute war der Tag, dass wusste
ich, an dem der Raum, vor dem ich schon stand, nicht leer sein
wird. Ich spürte es. Noch wusste ich nicht, was mich wirklich erwarten würde, hinter dieser Tür doch ich ahnte es. Ich hatte nie
geglaubt Tia wäre zuhause in Sicherheit gebracht worden, denn ich
kannte die Zukunft. Bevor ich die Türklinke runterdrückte hörte
ich das Entsichern der Schlösser der Türen. Adrian hatte es geschafft. Ein kleines Lächeln schlich auf meine Lippen, denn nun
hatte Sirius alles verloren und gleich werde ich alles verlieren aber
ich hatte es geschafft. Ich hatte fast die meisten gerettet und ich
hatte alles in meiner Macht Stehende getan um Tia zu beschützten.
Das gab mir Mut doch die Angst verschwand nicht. Ich öffnete die
Tür und mein Herz blieb stehen.

# Kapitel 41

Meine Atmung versagte und ich begann gierig Luft zu holen. Kraftlos fiel ich auf den Boden und versuchte nicht den misshandelten Körper zu erblicken. Ich krabbelte zu ihr und erblickte das Grauen. Es war genau wie in der Vision und deswegen würde sie nicht mehr am leben sein. Das wusste ich als ich ihren Puls suchte. Schmerzvoll schrie ich auf als ich keinen fand und rüttelte panisch an ihr doch ihre Augen blieben zu. Tränen stiegen mir in die Augen und liefen in Strömen hinab. „Wieso Sie", schluchzte ich und band sie unter Tränen los. Ich zog sie vom Stuhl und drückte sie an mich. Umfasste mit meiner Hand ihren Kopf und fuhr über ihr Haar. Adrian hatte meine Schreie gehört, alle hatten es. Er ging in den Keller zu mir und schickte die Gefangenen in die Freiheit. Unten angekommen kniete er sich zu mir und umarmte mich von hinten. Er sagte nichts doch seine Anwesenheit war genug. Mein Herz schmerzte bei jedem Schlag und ich war dabei an den Tränen zu ersticken. Bis ich eine Stimme in meinem Kopf hörte: „Mum ich bin hier und es geht mir gut. Bitte beruhige dich und führe deine Aufgabe zu Ende." Als ich ihre Stimme wahrnahm schluchzte ich noch mehr dennoch versuchte ich meine Atmung zu kontrollieren. Als ich mich einigermaßen wieder beruhigt hatte, flüsterte ich zu ihr: „Mein tapferes kleines Mädchen." Ich nahm sie hoch und stand auf. Adrian erhob sich ebenfalls und nahm sie mir ab. „Es tut mir leid," sagte er leise und ging mit ihr voraus. Ich blieb noch kurz im Raum stehen und ließ die Ereignisse Revue passieren. Mein Herz umschloß eine bittere Kälte und meine Augen brannten. Wenn meine Augen jetzt noch nicht schwarz wären, würde es gleich so weit sein. Ich ging nach oben ins Lagerhaus, so langsam als hätte mich all der Mut verlassen. „Töte ihn", hörte ich eine Stimme flüstern und ihm gleichen Moment schlich Nagini an meine Seite. „Ich habe keine Ahnung, wo ich ihn suchen sollte, es ist hoffnungslos", seufzte ich als ich draußen den Himmel erblickte. Der Himmel war grau und trüb und es nieselte. Ich ging durch den Schnee und beobachte Adrian wie er Tia behutsam auf die Rückbank in den Van legte, so als würde sie nur schlafen. Nagini blickte wieder zu mir. „Du musst ihn nicht finden, um ihn zu töten. Befreie deine wahre Kraft." Erkenntnis durchflutet meinen Kopf. Sie hatte recht. So kniete ich mich also auf den Boden, legte meine offene Hand auf den Schnee. Meine Augen schlossen sich und ich konzentrierte mich auf meine Atmung. Nun begann meine Hand zu strahlen als ich einen Zauber sprach: „Eliberați adevăratul meu sine și faceți răzbunare." Meine Kraft webte sich durch die Erde und begann zu suchen nach seinem schlagenden Herz. In der Zeit fingen meine Augen noch mehr an zu brennen und ich schrie auf. Adrian eilte zu mir und nahm meine Hand in seine. Tränen fielen hinab in den Schnee und ich schrie seinen Namen. Im gleichen Moment spürte ich einen Herzschlag, geschwächt von meinem Gift aber dennoch in Bewegung. Ich ließ noch eine kräftige Welle meiner Kraft durch den Erdboden gelingen und er knickte ein. Des Weiteren hörte ich seinen Aufschrei. Ich brachte ihn mit einem Zauber zu unserem Ort und erhob mich dann. Die blaue Farbe hatte meine Augen schon längst verlassen und ich ließ einen Kampfschrei los. Währenddessen ich ihn mit meinen schwarzen Augen erblickte und ein Schwert herbeizauberte, ließ Adrian meine Hand los. Ich ging mit dem Schwert auf ihn zu und er blieb liegen. Kälte umschloss mein Herz während ich mit dem Schwert in sein Herz stoch. Er schrie gequält auf und atmete stoßweise auf. Ich rammte das Schwert noch mehr in sein Herz und er sah in meine Augen. „Und wie geht es Tia", flüsterte er mit allerletzter Kraft und ohne Mitleid. Alle meine Sinne verließen mich. Ohne Reue riess ich das Schwert wieder raus und schoss ihn mit meiner Pistole in den Kopf. „Ich habe gewonnen", flüsterte ich kalt und fiel zu Boden. Adrian rannte zu mir und nahm ich hoch. Er hievte mich, wie Tia, in den Van und schloss die Tür. Auch wenn er nicht wusste, ob Nagini ihn verstehen würde sprach er zu ihr. „Zeit hier aufzuräumen." Nagini tat was er sagte und verschlang die Leiche von Sirius. Und auch wenn grad Trauer in der Luft hing, schlich sich ein Lächeln auf Adrians Lippen, denn wir hatten es geschafft. Mit einem Risiko, mit einem Opfer. Ich würde nie wieder die alte sein.

# Kapitel 42

Inzwischen war Adrian schon auf dem Weg, um Tia fort zu bringen. Er fuhr zu einem Fluss, wo viele Leute ihren Liebsten gedenken. Schon seit Anbeginn der Zeit ließen sie Ihre Liebsten in den Fluss hineingleiten und verabschiedeten sich so. Man sagt die Seelen der einst gestorbenen Menschen seien noch immer im Fluss vorhanden. Weswegen der Fluss durchsichtiger war als alles Wasser auf der Welt. Adrian fuhr über die Brücke und parkte den Van an der Einfahrt zum Fluss. Ich war inzwischen zu mir gekommen und hatte den ganzen Weg nur aus dem Fenster geblickt. In den grauen trostlosen Himmel. Nach ein paar Sekunden in denen Adrian Tia aus dem Van geholt hatte, stieg ich auch aus und begab mich zu ihnen. Ich nahm sie ihm ab und ging zusammen mit ihm zum Fluss. Ein paar Meter weg von der Brücke stand ein Baum mit einer wunderschönen Krone. Daneben war eine Bank. Dort hielt ich an und legte Tia auf die Bank. Mit einem Zauber entfernte ich alle äußerlichen Wunden von ihr und ihre Klamotten wechselte ich zu einem weißen Kleid. Es sah so aus als würde sie friedlich schlafen doch das tat sie nicht. „Sie hat das nicht verdient," flüsterte ich gebrochen und eine Träne verließ meine Augen. „Niemand hätte das," sagte Adrian entschlossen. Ich atmete tief ein und nahm sie wieder hoch. Langsam ging ich zum Flussufer und ließ sie hinabsinken. „odihneste-te in pace," sprach ich und sie schwamm davon. Lange blickten wir ihr hinterher bis sie aus unserem Sichtfeld verschwand. Meine Kraft hatte mich schon längst verlassen und mein Herz schmerzte immer noch bei jedem Schlag. Müde und von allen Sinnen verlassen, ließ ich mich in Adrians Arme fallen und schluchzte in seine Halsbeule. Er legte einen Arm um meine Hüfte und drückte mich an sich. Ich wusste nicht, wie lange wir dort umschlungen standen doch es kam mir vor wie Sekunden. Die Zeit drohte nicht umzugehen und ich hatte allen Lebensmut verloren. Weil ich das Wichtigste in meinem Leben verloren hatte, weil ich meine Tochter im Stich gelassen hatte, weil sie gestorben war und am Ende wurde mir klar, Sirius hatte nicht verloren. Ich hatte verloren, indem er mir das Wichtigste auf der Welt nahm. Ich hatte verloren, obwohl ich die Welt gerettet hatte.

*-Einen Monat später-*

Genau an diesem Tag war es einen Monat her. Ein Monat der so quälend langsam umging, dass ich glaubte all das wäre ein Traum, ein Monat, in dem mein Herz nicht aufhörte zu bluten und ich an den Tränen zu ersticken drohte, ein Monat, nach dem ich immer noch glaubte sie würde zu Hause auf mich warten, ein Monat, nachdem ich nicht vergaß, was geschehen war. Nur ein Monat, der beschrieb wie mein Leben noch lange ablaufen würde. Eine Träne verließ meine Augen und ich blickte den Fluss hinab, während ich auf der alten Bank saß. Adrian war bei mir zu Hause eingezogen und versuchte irgendwie nach Normalität zu leben doch auch wenn mir bereits bewusst war, dass dies nie wieder möglich sein wird. Denn nichts war normal geworden nur weil wir gesiegt hatten. Ein paar Tage nach dem Geschehen hatte ich Jack und Emilie verziehen, wegen der Hintergründe. Auch wenn meine Freundschaft mit Emilie jetzt ein paar Risse hatte, war dieses Band geblieben, das uns verbunden hatte. Man könnte meinen alles war so wie früher aber ich sah die Risse. Manchmal glaubte ich sogar, dass ich die einzige war, die sie spürte. Ganz tief in meinem Herzen werden sie immer verankert bleiben. Jack war ein paar Tage später gestorben an seiner Krankheit und weil ich ihm verziehen hatte, konnte er hoffentlich Frieden finden. Ich hatte ihn vermisst. Oft tagelang aber mit Adrians Hilfe konnte mein Herz sich erholen. Was mich und Adrian angeht, gab es auch Neuigkeiten. Wir sind vor Kurzem erst zusammengekommen, was man sich eigentlich schon erahnt haben konnte und eigentlich sollte ich glücklich sein. Denn am Ende würde jeder meinen, dass wir doch noch ein

Happy End am Ende dieser Geschichte fanden. Allerdings besitzt nicht jede Geschichte ein Happy End, dass ihn Wirklichkeit keins ist. Jeder hier hat es noch nicht so leicht begriffen schätze ich, denn es wird nicht leicht wie alle sagen einfach nach vorne zu schauen. Ich habe mich verändert. All das hat mich verändert und es wird nie wieder so sein wie früher. Mein Herz schmerzt jeden Tag, weil jeder Schlag diesem die Kraft nimmt. Weil es von Kälte umgeben ist, dass jeder Schlag es noch mehr gefriert. Zwar besitze ich jetzt Wissen und Kräfte, die jeder sich wünschen würde doch ohne ein funktionierendes Herz zu leben, funktioniert nicht. Nie wieder werde ich Normalität in mein Leben kriegen, nie wieder werde ich aus vollem Herzen der Zukunft entgegensehen. Nicht weil ich das Positive nicht sehen kann, nicht weil ich keinen Neuanfang will, sondern weil ich das Wichtigste auf der Welt verloren habe. Meine Tochter.

## Ende

Zeitfracht Medien GmbH
Ferdinand-Jühlke-Straße 7
99095 Erfurt, Deutschland
produktsicherheit@kolibri360.de